Impressum

Bibliografische Information der Deutschen
Nationalbibliothek:
Die Deutsche Nationalbibliothek verzeichnet diese
Publikation in der Deutschen Nationalbibliografie,
detaillierte bibliografische Daten sind im Internet über
http://dnd.dnd.de abrufbar.

Herstellung und Verlag

BoD Books on Demand, Norderstedt

ISBN 9783748183365

Hinweise:
- Umschlagbild von Paul Lauer
- Textkorrektur durch Manfred Gittel
- Umschlag- und Buchgestaltung von Michael Oberndorfner
- Übersetzungen aus dem russischen Originaltext durch
  Agnes Gossen und Stephanie Lauer
  (Hinweise auf die Kapitel finden sich im Buch)

Am Ufer des Flusses

von Georg Lauer

Inhaltsverzeichnis

Vorwort

Geschichten, die das Leben schreibt: Das sind die Geschichten, die uns wirklich nahe gehen. Wir fühlen mit Ihnen. Wir wissen uns ihnen nahe, haben wir sie selbst in ähnlicher Form erlebt, wissen von Anderen, die sie so erlebt haben – oder könnten uns gut vorstellen, in die jeweilige Situation geraten zu können.

Geschichten, die das Leben schreibt: Georg Lauer hat sie in diesem Buch zusammengefasst. Es sind seine Geschichten, es sind seine Erlebnisse, es ist seine Phantasie.

Und es sind seine Worte, mit denen er sie wiedergibt. Nicht mehr und nicht weniger soll es sein: Die eigenen Erlebnisse mit den eigenen Worten be-schreiben. Nur so können die eigenen Gefühle, kann eigenes Erleben gespiegelt werden. Worte wie ein Spiegel, Abbilder des eigenen Ichs, unverfälscht und dennoch nicht so klar wie das Geschehene sondern im eigenen Blick betrachtet und kommentiert, interpretiert. Dabei ist die Erzählweise zweitrangig, ordnet sie sich ja dem persönlichen Ausdruck und der persönlichen Ausdrucksmöglichkeit unter. Gerade deshalb ist es so wichtig, als Außenstehender, der erstmals in diese Geschichten eintaucht, nichts zu verfälschen, nichts auf die eigenen Lesebedürfnisse zuzuschneiden – und somit gleichsam, das Original-Erlebnis zu zerstückeln, zurecht zu stutzen – sondern sich auf diese Erzählweise, diesen Stil einzulassen. Es ist ein einfacher Stil, es sind einfache Worte, mit denen Lauer überrascht. Aber es sind auch immer wieder tief gehende Gedanken, es sind teilweise große Bilder, die in seinem – und letztlich dann auch im Kopf des Lesers - entstehen. Bilder von heiler Welt; Bilder von innerer und äußerer

Zerrissenheit; Bilder von Sehnsucht nach Heimat und nach Menschen und nach dem Lebensglück; Bilder von Trennung, von Trauer, aber auch von unver-gesslichen Momenten, von großem Glück, das oft nur kurze Zeit dauert. Aber immer wieder gibt es Hoffnung, blitzt Zuversicht durch und der Wille, dieses Leben anzunehmen, wie es ist – und das Beste daraus zu machen. Nicht nur im Blick auf die eigene Person, sondern auch im Blick auf Andere, auf den Nächsten. Das mag zunächst naiv erscheinen, idealisierend. Doch ist es das wirklich? Oder blitzt da nicht letztlich eine gute Portion Lebens-Erfahrung, ja Lebens-Lösung durch?

Und so sind die Geschichten, egal in welcher Erzählweise, egal mit welchen zeitweisen Schwächen auch immer, Hoffnungsappelle. Lauer schreibt, was er fühlt, was er denkt, was er sieht – und wie er es interpretiert und ausdrücken kann. Kompromisslos persönlich. Alles auf seine ganz eigene aber anrührende Weise. Mal mit einem gewissen Augenzwinkern, mal mit dem mahnenden Zeigefinger, mal vergebend großherzig, mal klar im Urteil und konsequent in der eigenen Anschauung.Wie Mosaiksteinchen setzen sich seine kurzen Geschichten schließlich zu einem Gesamtbild zusammen. Und das zeigt – wen überrascht es – Georg Lauer: den Menschen, den Mann, den Vater, den Freund, den Nachbarn, den Kumpel, den, der ist wie Du – und doch ganz anders. Auf der Spurensuche im eigenen Leben, im Blick zurück, im Blick auf das Sein und ein klein wenig im Blick auf das, was noch kommen könnte: „Mit Geduld und Spucke..." ist einer seiner Lieblingssätze. Geduld, sie zieht sich wie ein roter Faden durch das Büchlein. Und soll allen vermittelt werden, die es sich vermitteln lassen wollen.

Manfred Gittel - Bad Wörishofen im Juni 2019

Begegnung mit Schriftstellern

In meinem Kopf kreisen Gedanken, die mir keine Ruhe lassen. Ich dachte schon lange darüber nach, was ich mit meinen Erinnerungsnotizen in den vielen damit gefüllten Heften machen soll. Es ist schon so viel geschrieben, aber wozu? Es ist eine angenehme Beschäftigung. Vielleicht wird es auch für die Leser interessant sein. Doch eigentlich müsste man auch bestimmte Fachkenntnisse haben. Es ist dringend notwendig, mit jemandem darüber zu sprechen, sich beraten zu lassen. Aber mit wem? Ich versuchte ab und zu, etwas von mir Geschriebenes meinen Bekannten vorzulesen. Einige fanden es interessant, die anderen hielten es für Quatsch oder lobten, um mich nicht zu beleidigen.

Ich bräuchte einen guten Lektor oder Konsultant der mir sagen könnte, was gut und was nicht so gut ist... Ich verstand natürlich, dass einige meiner Texte noch zu schwach sind, aber war mir sicher, dass viele auch interessant sind. Ich hoffte aber, dass ich nicht umsonst Papier verschwende, dass jemand meine Erinnerungen und Gefühle, die ich in den Heften festgehalten habe, verstehen wird.

Ich rief eine alte Bekannte an, die eine Verwandte hatte, welche, wie ich es gehört hatte, eine Zeitung lektorierte. Vielleicht könnte sie mir helfen, doch es stellte sich heraus, dass sie keine Lektorin in ihrer Bekanntschaft hat, aber dass ich mich an unseren Landsmann wenden könnte, mit dem ich früher, vor zwanzig Jahren in Kasachstan in einer Autokolonne gearbeitet habe. Dieser Edmund Mater sei in Deutschland ein bekannter Autor geworden, obwohl er früher ein einfacher LKW-Fahrer war. Ich bekam seine

Telefonnummer und rief ihn sofort an. Es war ein interessantes Gespräch. Wir stammten aus derselben Gegend und hatten viele gemeinsame Erinnerungen.

Als ich Edmund von meinen Schreibversuchen erzählte, riet er mir die Lesungen zu besuchen, die Maria Schefner organisiert. Maria ist eine interessante Frau, eine Schriftstellerin und Dichterin, ich könnte da vielleicht auch mal irgendwo vorlesen. Er gab mir ihre Telefonnummer und den Link zu seiner Homepage, wo ich seine Erzählungen lesen konnte.

Ich nahm seinen Rat dankbar an. Und ich begann die Erzählungen von Mater zu lesen. Sie beeindruckten mich sehr.

Ich lebe schon so lange in Deutschland, aber schmorte genauso lange, wie man sagt, im eigenen Saft. Ich hatte leider bis dahin keine Ahnung, dass es unter unseren Landsleuten bekannte Schriftsteller gibt. Ich begann viel zu lesen und wunderte mich, wie interessant man, zum Beispiel, über gewöhnliche Spatzen oder Eber schreiben kann und natürlich auch über Menschenschicksale.

Dann rief ich Maria Schefner an. Am Telefon klang sie äußerst sympathisch. Es war ein interessantes Gespräch. Maria schlug mir vor, zusammen mit ihr nach Würzburg zu einer Lesung mit russlanddeutschen Autoren zu kommen. Ich war etwas unsicher und überrascht von diesem Vorschlag, aber überlegte nicht lange und sagte zu.

Drei Tage später trafen wir uns auf dem Münchener Hauptbahnhof. Maria entpuppte sich als eine mittelgroße sehr sympathische Blondine mit einer schönen Figur, einem warmen klugen anziehenden Blick und einem ansteckenden Lächeln. Dank ihrer Redseligkeit entstand bei mir das Gefühl, als ob wir uns schon lange kannten.

Kurz darauf stieß noch ein ernster selbstbewusster Mann mit einem grauen Schnurrbart in meinem Alter zu uns, der Dichter Issaj Spitzer, der sehr umgänglich und besonnen auftrat. Als wir schon in den Zug gestiegen waren, kam noch der vierte Mitreisende zu uns, ein Autor von sechs Romanen, Robert Moor. Auf den ersten Blick war er ein Mann wie du und ich, wie man sagt. Er war kleiner als ich, schlank und sehr beweglich, mit einem sportlichen Gang. Er war auch nicht für einen Empfang angezogen, sondern wie für einen Ausflug. Es stellte sich heraus, dass er mit einem Fahrrad zurückfahren wollte. Ich dachte anerkennend, was er für ein mutiger und zielstrebiger Mann sei. Er hatte 300 Kilometer zu bewältigen und das Wetter war sehr unbeständig, es regnete zwischendurch immer wieder. So eine Fahrradtour würde nicht jeder durchhalten.

So fand ich mich in der Mitte von bekannten Schriftstellern wieder.

Das Reisen mit dem Zug hat den Vorteil, dass alle Reisenden gleichberechtigt sind. Wir duzten uns bald und sprachen ohne Zwang über Alltagsprobleme. Danach ging es um die bevorstehende Lesung. Maria fragte, worüber ich schreibe. Ich erzählte, dass ich über wahre Begebenheiten schreibe, Notizen mache über meine Beobachtungen und Gedanken. Ohne ein bestimmtes Ziel.

Nach der Lesung fragte mich Maria, ob ich nicht über diese Veranstaltung schreiben möchte. Ich antwortete, dass es eine gute Idee sei und ich es versuchen will.

Aus meinen Unterhaltungen mit Robert Moor erfuhr ich, dass er in Riga geboren wurde und als sechsjähriger mit seinen Eltern nach Deutschland kam. Seine Mutter Irene Moor hat auch ein Buch geschrieben und war bis zu ihrem Tod Mitglied des Literaturkreises der Deutschen aus Russland. Er schreibt Romane in Deutsch, das seine Muttersprache sei. Robert ist 49, im gleichen Alter wie mein ältester Sohn Andreas. Als wir in Würzburg ankamen, wunderte ich mich, dass der viel in der Welt gereiste Schriftsteller mit seinem schweren Rucksack und dem Klappfahrrad, das mit einer Zeltplane bedeckt auf seinem Rücken war, als erster in die Straßenbahn einstieg, ohne außer Atem zu geraten.

Also so sehen echte Schriftseller aus! Wir bewunderten aus den Fenstern der Straßenbahn die Gebäude und Parks dieser friedlichen Stadt, die zum Ende des zweiten Weltkrieges durch amerikanische Bombardierung in Schutt und Asche gelegen wurde. Jetzt gab es keine Spuren der früheren Zerstörungen mehr.

Maria, die Leiterin der Gruppe, erkundigte sich währenddessen, wo wir aussteigen müssen um ans Ziel unserer Reise zu gelangen. Gegen Mittag erreichten wir ein Gebäude mit einem mittelgroßen Saal, in dem die Wanderausstellung zur Geschichte der Russlanddeutschen untergebracht war. Da gab es den Erlass der Zarin Katharina II, ihr Portrait, sowie Bilder von vielen berühmten russlanddeutschen Persönlichkeiten: Schriftstellern, Dichtern und sogar Zeitschriften, Bücher und Broschüren über unsere Landsleute.

Die freundliche gegenseitige Begrüßung mit den Organisatoren der Lesung zeugte davon, dass es für meine neuen Bekannten nicht das erste Mal war und sie hier bekannt waren. Ich zählte mich nicht zu den echten Schriftstellern, sondern fühlte mich wie ein Besucher, wollte nicht auffallen und hielt mich etwas abseits.

Ein Schriftsteller sieht das, was andere nicht sehen können. Er kann, zum Beispiel einen Baum, den keiner beim Vorbeigehen besonders beachtete, sehr interessant und lebendig in einer Erzählung beschreiben. Ein Maler, dem er auffällt, malt ihn auf seinem Bild. Ein Dichter schreibt darüber ein Gedicht. Ein Komponist vertont den Text, wie zum Beispiel die Romanze zum Gedicht von Sergej Jesenin „Der Ahorn". Dieses Lied über einen frierenden Ahorn wurde sehr populär und in der ganzen Sowjetunion wurde es wie ein Volkslied gesungen und ist bis jetzt nicht vergessen. Wer oder was hilft solchen talentierten Menschen ihre wunderbaren Werke der Kunst zu schaffen?

Ein Gläubiger sagt dazu wohl, dass ihm Gott geholfen hat. Die Anderen glauben an die innere Kraft des Yoga. Diese Menschen in meiner Umgebung sind etwas Besonderes, Ungewöhnliches. Sie sind Schriftsteller. Unter ihnen ist auch Isolda Schmidt – eine Journalistin, deren 80. Geburtstag an diesem Tag gefeiert wurde. Sie ist nicht besonders groß, in den Augen leuchtet professionelles Interesse, und ihre Sprache klingt munter und jung.

Die Begegnung mit Rose Steinmark war für mich auch sehr angenehm. In den 80er Jahren war sie literarische Leiterin im einzigen deutschen Theater im Russland der Nachkriegszeit. In den 90er Jahren arbeitete sie als Fernsehjournalistin, leitende Redakteurin und Moderatorin des deutschen Programms «Guten Abend!» beim ersten Kanal des staatlichen Fernsehens Kasachstans. In dieser in die Ferne gerückten Zeit hatte ich mich selbstständig gemacht und Rose Steinmark machte eine Sendung über meine Arbeit. Sie hatte mich natürlich nicht sofort erkannt, aber erinnerte sich an meinen Sohn Paul und seine Frau Swetlana, mit denen sie zusammen im Deutschen Theater gearbeitet hatte. Ich sah begeistert meine Landsmännin an, die schlank wie eine Studentin mit lustigen Funken in den strahlenden Augen aussah, und wünschte ihr in Gedanken, noch lange so zu bleiben. Sie hatte allen Problemen und Widrigkeiten auf ihrem Lebensweg standgehalten.

Meine Mitreisenden erzählten auf der Lesung über ihr Werk, ihre Bücher, Gedichte. Es wurde das Lyrikbuch von Issaj Spitzer mit deutschen Nachdichtungen von Maria Schefner präsentiert.

Mir schwirrte der Kopf von den vielen Eindrücken, die mich überwältigten. Ich brauchte Zeit, um sie richtig zu verarbeiten.

Zurück fuhren wir zu dritt. Unser Weltreisender, der Schriftsteller Robert Moor hatte uns verlassen: Er fuhr trotz schlechten Wetters zurück auf seinem „Pferd" auf zwei Rädern...

Hinter dem Zugfenster zogen wunderbare Naturbilder vorbei und ich genoss das Gespräch mit meinen Reisekameraden. Maria Schefner merkte, dass ich mich nicht so gut orientiere beim Umsteigen und sagte, dass sie mir dabei helfen würden. Vor dem Münchener Bahnhof fragte sie erst den Schaffner nach der optimalsten Route für mich, dann schaute sie sich den Reiseplan genau an und begleitete mich direkt zum Zug für den letzten Abschnitt meiner Reise. Ohne Probleme kam ich kurz vor Mitternacht mit einem Überfluss von Reiseeindrücken nach Hause zurück.

Issyk See

Viele Jahrtausende zurück hatte in dem malerischen Ort Alatau Saalajskoje ein starkes Erdbeben einen Erdrutsch verursacht, der die Schlucht quer zuschüttete, durch die früher der Fluss Issyk floss. Mit der Zeit füllte sich ein dadurch abgeschnittener riesiger Krater mit Wasser. So entstand auf einer Höhe von 1720 Metern über dem Meeresspiegel ein wunderbares Natur-kunstwerk – der Issyk See. Der Name stammt vom kasachischen Wort Essyk, was „Eimer" bedeutet.

Dieser starke Erdrusch wurde zu einem natürlichen Hindernis für den Weg zum See. Nur mit viel Mühe konnten neugierige Wanderer sich zum Ufer des Wundersees durchschlagen.

Dort war auch der berühmte Naturforscher Peter Petrowitch Semjonov-Tjanj- Schanskij gewesen. In einem Tal in den Bergen, 14 Kilometer vom malerischen See, wurde die Kosakensiedlung Nadeschdinskaja gegründet, die nach der Revolution in Issyk umbenannt wurde.

Im Jahre 1958 hat man zu diesem Bergsee am rechten Ufer des Flusses eine mit Asphalt gedeckte Straße gebaut. An der Ausfahrt aus der Stadt Issyk wurde eine Schranke eingerichtet, bei der die Straßenmiliz die Fahr-tauglichkeit der zum See fahrenden Autos überprüfte.

Bis zum Pionierlager schlängelte sich ein Weg nach oben entlang des hohen Flussufers und wiederholte alle seine Kurven. Vom Kindererholungsort gab es eine Kurve nach links, die „Löwenkopf" hieß, weil an dieser Stelle das einbetonierte Ufer mit einer Skulptur eines Löwenkopfes geschmückt war, aus dessen Mund reinstes Bergwasser floss.

Neben der Quelle gab es einen Erholungsplatz, am dem die Busfahrer oft anhielten, um sich Wasser fürs Auto zu holen. Die Fahrgäste tranken das Bergwasser mit Genuss, ließen sich dort fotografieren mit der schönen Aussicht im Hintergrund.

Weiter führte der Weg fast in die entgegengesetzte Richtung, floss schlangenartig weiter zum See - einer Bergperle.

Entlang der Straße gab es gut gebaute Kiosks und Pavillons und einen schönen Ausblick auf die Issyk-Schlucht und den Fluss Issyk, die von Gebüsch und hohen bewaldeten Bergen umringt waren.

Nachdem die Busse und Autos die letzte schwierigste Kurve nach oben geschafft hatten, fuhren sie zum Busbahnhof auf einen Parkplatz. Hier konnten sie wenden, um zurückzufahren, weil weiter oben, noch höher in den Bergen, der Weg für sie gesperrt war. Zum großen See mussten die Touristen zu Fuß gehen.

Zuerst kamen sie am kleinen See vorbei, der genauso schön war, wie der Große. Gewöhnlich gingen sie langsam, die schönen malerischen Ausblicke genießend.

Schnell vorbei zu huschen bei so viel Schönheit war einfach unmöglich...

Und plötzlich, wie in einem Märchen, gelangten die Wanderer ans Ufer des großen Sees und hielten den Atem vor Begeisterung an. Es war wirklich ein atemberaubender Ausblick, der ihre Mühen belohnte.

Auf der breiten Wasseroberfläche spiegelten sich die hohen Berge mit den grünen Tjan-Schanjer Tannen und anderen Nadelbäumen. Das Wasser im See war ungewöhnlich hellgrün. Man sagte, dass es diese Farbe dem Gas verdankte, das vom Seeboden nach oben steigt.

An einem Seeufer befanden sich einige sehr schöne Pavillons, Restaurants, ein Hotel, ein Campingplatz, eine Ruderbootausleihstation und ein Ankerplatz für Motorboote.

An der gegenüberliegenden Seite des Sees war ein Natursandstrand für Badegäste.

Etwas abseits vom Strand waren einige Jurten zur Erholung von bekannten Persönlichkeiten aufgestellt. Den berühmten Issyk See hatten hochgestellte Funktionäre der UdSSR besucht sowie berühmte ausländische Gäste. Auch der erste Kosmonaut der Welt, Juri Gagarin, und Valentina Tereschkova, die erste Frau im Weltall, kamen, um sich diesen See anzuschauen.

***

Der Sommer 1963 war sehr heiß und in den Bergen begannen Schnee und das ewige Eis der Gletscher zu tauen. Das Wasser floss in Rinnsalen herunter und sammelte sich in den Bergfalten und Bergtälern. Am Sonntag, dem siebten Juli, als sich am See sehr viele Touristen befanden, begann plötzlich ein warmer Sommerregen. Es stellte sich später heraus, dass er zum „letzten Tropfen" wurde, der zusammen mit dem sich in den Bergen schon früher angesammelten Wasser einen Bergrutsch verursachte, den schlimmsten, der je im Land passiert war.

Der See wurde überflutet und durchbrach den Naturdamm. Die mächtige Erdlawine ähnelte einem wilden Tier, das gierig mit lautem Getöse alle Hindernisse unterwegs verschluckte.

Die Badegäste am Sandstrand wurden in einem einzigen Augenblick überrollt und kamen ums Leben, so plötzlich und schnell passierte diese Tragödie. Die Menschen in den Booten wurden von riesigen Wellen erfasst. Einige Boote zerschellten und nur Bruchstücke von ihnen wurden an das andere, heil gebliebene Ufer angeschwemmt.

Menschen an der bebauten Uferseite wurden durch das tosende Unwetter vom anderen Ufer abgeschnitten. Sie schauten mit verzweifelter Neugier zu und ahnten nichts von der Gefahr, die ihnen drohte. Mittlerweile bildete sich am See eine neue riesige Welle, die mit schrecklicher Geschwindigkeit übers Wasser rollte. Dahinter kam noch eine größere Schmutzlawine und dann, in kurzen Zeitabschnitten, folgten, noch viele andere.

Die Überlebenden liefen herunter über die noch heile Straße zum Pionierlager, aber es waren nicht viele, die sich von der anderen Seite des Sees rechtzeitig in Sicherheit bringen konnten. Dabei wurde der ganze Weg unter der „Löwen-Kopf"-Kurve, wo sich das Lager befand, mit Geröll überströmt.

Es war großes Glück, dass man die Kinder, die sich dort befanden, gerade mit den Hubschraubern evakuiert hatte.

Die Menschen versuchten sich über das steile, mit Wald und Gebüsch bewachsene Ufer zu retten, wo es keinen erkennbaren Weg gab.

Vor Ort wurden in den Bergsiedlungen Jäger und Arbeiter aus dem Forstbetrieb in Gruppen organisiert, um diesen unglücklich im Wald irrenden Menschen zu helfen. Einige waren von der Schlammlawine nicht entlang des Flusses weggelaufen, sondern in die Tiefe des Waldes hinein. Sie irrten einige Tage ohne Essen und Trinkwasser, bis aufs Blut zerkratzt von Stacheln, bis sie einen sicheren Ort oder eine Bergsiedlung fanden.

Im Unionsradio wurde über diese Naturkatastrophe berichtet. Von offiziellen Quellen hieß es, dass nur ein Mensch ums Leben gekommen war. In der Sowjetunion durfte man nichts Konkretes über die Opfer berichten. Erst in der Perestrojka-Zeit wurde das ganze Ausmaß der Tragödie bekannt gegeben und zwar, dass an diesem schrecklichen Sonntag fast Tausend Badegäste und Einwohner von der Stadt Issyk ums Leben gekommen waren. Die genaue Zahl konnte man nicht mehr ermitteln.

Es war ein Zufall, dass sich in derselben Zeit am Issyk See der Vorsitzende des Ministerrates der UdSSR Alexej Kosygin, erholte, der es mit seinen Begleitern noch rechtzeitig schaffte, über eine Brücke an die andere Seite zu fahren, die einige Minuten später vom tosenden Wasser weggerissen wurde, genauso auch eine andere Brücke in der Stadt Issyk.

Auf diese Weise war die Stadt in zwei Hälften getrennt und mit viele Familien. Erschrocken beobachteten die Einwohner der Stadt das immer höher steigende schmutzige Wasser im schäumenden Fluss.

Ein flaches Flüsschen verwandelte sich vor ihren Augen in einen grausamen Strom, der alles auf seinem Weg mit unglaublicher Kraft mit sich riss.

Die Brücke gelangte ins Wanken als plötzlich auf seine Reste ein Kalb sprang und ein Mann hinter ihm herlief. Beide wurden von einer neuen Welle erfasst. Einige Zeit sah man noch die Köpfe der Unglücklichen, aber sie verschwanden so schnell, als ob es sie nie gegeben hatte.

Am rechten Ufer des Flusses versammelte sich eine große Menge von erschrockenen Menschen, die hilflos das Naturereignis beobachteten. Alle sahen, wie am anderen Ufer neben einem Haus im Schatten eines

Baumes einige Männer saßen. Wahrscheinlich haben sie etwas getrunken und sie merkten nicht sofort die nahende Gefahr. Dann merkten sie doch, dass etwas nicht stimmt, standen auf und gingen am Rand des Ufers. Der Strom war so tosend und schnell, dass sie als sie ihn erblickten es gerade noch schafften, vom Ufer wegzulaufen.

Der Baum, welcher ihnen eben noch Schatten und Erholung gespendet hatte, drehte sich merkwürdig, kippte langsam wie mit Bedauern zur Seite, fiel um und verschwand in der brodelnden Wassermasse zusammen mit dem Tisch und dem Haus.

Im Wasserstrudel der Lawine tauchten plötzlich sehr viele Weinfässer auf. Dies bedeutete, dass die Weinfabrik unterspült wurde. Wahrscheinlich nur deshalb, weil die riesigen Kellerräume betoniert waren, war dieser Teil von der Stadt Issyk verschont geblieben.

Im brodelnden Durcheinander des Wassers tauchten Zisternen mit Wein und Spiritus auf, Hausrat. Irgendein Haus, genauer gesagt, ein Dachgeschoss von mit einem schwankentem Lüster schaukelte im Wasser vorbei. Und alles verschwand in dieser schrecklichen Mischung aus Schlamm, Steinen und Wasser, Fässern und Resten von Häusern wurde wie in einem riesigen Fleischwolf zermalmt, vermengt.

Die plötzliche Katastrophe hatte Familien an verschiedenen Ufern getrennt. Ein älterer Mann stand mit Tränen in den Augen im Unterhemd und jammerte über seinen Obstgarten, den er mit so viel Mühe und Kraft angelegt hatte. Damit die Setzlinge wachsen und gedeihen konnten, hatte er immer wieder gute Erde in Säcken mit dem Fahrrad nach Hause gebracht. Jetzt hatte er kein Haus und keinen Garten mehr – alles war weg.

Alles war durcheinandergekommen. Viele Menschen wussten nicht, was mit ihren Kindern oder Verwandten geschehen war, wo ihre Freunde und Nachbarn am anderen Ufer gelandet waren.

Am nächsten Tag ging der Wasserpegel etwas herunter, aber es dauerte noch einige Tage bis man den Fluss überqueren konnte. Der tosende Strom unterspülte noch immer die Ufer und machte das Flussbett breiter und breiter.

Man flog die verängstigten Menschen mit Hubschraubern von einer Seite des Flusses auf die andere, es gab keine andere Möglichkeit.

Nur drei Tage später konnten die Kühe mit Mühe und Not nach Hause kommen. Die Arbeiter der Autokolonne konnten durch das Dorf Malwodnoje über die Kul'dschinskij Bergstraße und weiter über den Pass Issyk ihre Arbeitsstelle erreichen, die zum Glück nicht besonders beschädigt war.

Einige Tage später hatte man eine provisorische Brücke etwas oberhalb der Stadt errichtet, über die sogar Linienbusse fahren durften. Sie existierte einige Jahre. Weil sie doch ständig unterspült wurde und nicht besonders stabil war, wurde sie im Volksmund die „besoffene Brücke" getauft.

Zum Ende des ersten Tages der Überschwemmung patrouilierte in der Gegend die Miliz mit Polizeiautos. Die Milizmänner warnten die Bevölkerung durch Sprachrohre über eine mögliche weitere, noch schlimmere Überschwemmungswelle. Dies könnte passieren, wenn der Damm bei einem anderen Bergsee, dem „Weißensee", nicht halten würde. Wäre das passiert, wäre nichts von der ganzen Stadt Issyk geblieben.

Aus der Schule und dem dazu gehörenden Internat wurden schleunigst alle Kinder und Lehrer evakuiert. Die Menschen wurden mit Autos weggebracht, viele gingen zu Fuß mit dem Allernötigsten, was sie mitnehmen konnten.

Am nächsten Tag gab es Entwarnung. Trinkwasser und Brot wurden lange Zeit mit LKWs in die Stadt gebracht.

Diese Überschwemmung hatte viele Einwohner obdachlos gemacht. Sie hatten alles verloren. Es wurde schleunigst eine Brotfabrik gebaut, eine neue Wasserleitung, zwei neuen Schulen. Dazu noch vier vierstöckige Mehrfamilienhäuser, sodass mit der Zeit ein neuer Stadtteil entstand.

Die Opfer der Überschwemmung bekamen materielle Hilfe, kostenlose Wohnungen oder Grundstücke, um Häuser zu bauen. Die Schulen waren auch pünktlich zum Beginn des neuen Schuljahres fertig geworden. Am Ende der Sovjetskaja Straße wurden ein neues Rathaus für die Administration der Stadt und das Parteikomitee errichtet.

Noch lange Jahre lebte diese schreckliche Sintflut im Gedächtnis der Menschen. So eine Tragödie ganz zu vergessen, ist unmöglich.

Naturwunder

Naturgesetz

Es gibt verschiedene Arten von Liebe: zu einer Frau, zur Arbeit, zur Kunst, zu Kindern und natürlich auch die Liebe zur Natur.

Ich bin im Südural aufgewachsen und seit meiner Kindheit war ich oft im Wald. Einmal lebten wir mit dem Vater eine ganze Woche in einer Laube im Wald. Während seines Urlaubes mähte er Gras für unsere Kuh, das getrocknet wurde und sich in Heu verwandelte. Sehr gerne erinnere ich mich an meine barfüßige Kindheit.

Ich bin immer gerne im Wald gewesen schon seit meiner Kindheit. Wir gingen mit den Jungs in den Wald, Beeren und Pilze sammeln. Im Herbst buddelten wir uns im Garten Kartoffeln aus und ließen sie in der Asche des Feuers auf einer Waldlichtung gar werden.

Sehr schöne Erinnerungen habe ich auch an meine Zeit in Kasachstan. Dort fuhr ich mit meinen Bienenstöcken in die Berge. Überall war der Wald anders, aber immer wunderschön. Es war interessant zu beobachten, wie die Bäume untereinander ums Überleben kämpften.

Im Unterwald wächst sehr viel wildes Unkraut. Die jungen heranwachsenden Bäumchen brauchen Sonne und Wasser. Sie haben aber nicht viel Platz. Da beginnt der Kampf um einen Platz unter der Sonne. Die Pflanze, die schneller wächst erhascht auch mehr Sonnenstrahlen. Wer es schafft, durch seine Wurzeln mehr Wasser aus dem Erdboden herauszupumpen, wird größer und dicker. Mit der Zeit gehen die lebensunfähigen dünnen Triebe im Gedränge aus Mangel an Licht und Wasser ein.

Manchmal reckt sich so ein schwaches Bäumchen aus allen Leibeskräften empor, aber schafft es nicht, eine Krone zu bilden, weil es kräftigere Nachbarn hat. Im Endeffekt geht der dünne Stamm, der nur ganz oben schwache kleine Zweige hat, ein, trocknet aus oder wird vom Wind zerbrochen. Es ist eine natürliche Selektion – die Stärkeren überleben, so will es das Naturgesetz.

Außergewöhnliche Pappel

Als wir in Issyk lebten, fand ich einmal in der regionalen Zeitung „Arbeitsflamme" einen Artikel, dass auf dem Territorium des Oktjabr'skij Sowchose eine außergewöhnliche fünfhundertjährige Pappel wächst. Bäume in so einem hohen edlen Alter sind eine Seltenheit. Was kann man über Pappeln sagen? Sie werden nicht besonders alt, nur 120-150 Jahre. Diese Pappel ist eine Ausnahme. Ich las diesen Artikel den Söhnen vor und wir beschlossen dieses Naturwunder zu finden und es uns anzuschauen. Wir kamen in eins von den Dörfern, die zu dieser Sowchose gehörten und fragten uns bei den Dorfbewohnern durch. Sie erklärten uns, dass wir über den Damm des Komsomol'skij Teiches ans andere Ufer fahren sollten - irgendwo dort wächst diese außergewöhnliche Pappel.

Unsere Suche war erfolgreich und bald saßen wir unter der breiten Krone der Silberpappel. Zu dritt mit ausgebreiteten Armen konnten wir den Stamm dieses riesigen Baumes nicht umfassen. Wir mutmaßten, was er alles gesehen und überlebt haben konnte. Schade, dass ein Baum nichts über die Vergangenheit erzählen kann. Ich trat zu ihm näher, drückte mich an ihn mit geschlossenen Augen, hörte mir das Rascheln der Blätter an und stellte mir die vergangenen Jahrhunderte vor. Es kam mir vor, als ob sich unter dieser Pappel müde Nomaden erholten. Ich sagte:

„Jungs, hört euch mal an, was dieser Pappelbaum zu sagen hat."

Andrej umarmte den Stamm und sagte: „Hier war irgendwann vor langer Zeit eine große Schlacht und damals sind hier viele Menschen gefallen."

„Hier war irgendwann mal eine Siedlung. Die Menschen züchteten Vieh und bearbeiteten das Neuland. Im Schatten dieses Baumes wurden Feste gefeiert, gesungen und getanzt", sagte Pavel, der sein Ohr an den Baum legte.

„Nun gut, wir haben ein bisschen geträumt, uns unterhalten und jetzt ist es Zeit zurück zu fahren", meinte ich.

„Wir wollen erst noch ein bisschen baden."

„Muss das heute sein?"

„Ja, Vater, unbedingt!"

„Nun, gut, überredet…"

Wir badeten vergnüglich in diesem großen Teich, unterhielten uns noch lange und fuhren fröhlich und zufrieden nach Hause.

Lebenskreise

Ich sitze im Schloss am Fenster mit Blick auf den Park, der irgendwann weiter in einem Laub- Mischwalde übergeht. Wie schön der Morgen, der Sonnenaufgang ist.

Man hört die Vögel zwitschern. Eine Kastanie steht wie eine Schönheit in voller Blüte. Ringsum wuchert das allgegenwärtige strahlende saftige Grün. Auf dessen Hintergrund heben sich weiße Kastanienkerzen ab. Über der Wand mit frischem zartgrünem Laub erhöht sich das

Dunkelgrün der Tannen, die im Vergleich fast schwarz aussehen. Von der linken Seite schaut die Laubkrone der roten Buche heraus. Seine Blätter sehen in den Strahlen der aufgehenden Sonne wie rote Flammen aus, deshalb heißt sie auch blutrote Buche.

Noch weiter links, in der Ecke des Fensters ist zwischen dem allgegenwärtigen Grün ein alter fast vertrockneter Stamm von einem irgendwann sehr mächtig gewesenen Baum mit breiter Krone. Seine dunklen alten Zweige scheinen sich eine Stütze bei den jungen dünneren Ästen mit hellgrünen Blättern zu holen, um nicht herunterzufallen. Dieser alte Baum kämpft schon viele Jahre ums Überleben.

In diesem Jahr hat er noch ganz wenige kleine grüne Blätter. Der Baum stirbt wie ein alter, von Krankheiten geplagter Mensch, der sich aus letzten Leibeskräften noch an das Leben klammert. In seinen fast nackten Ästen, wo stellenweise auch die Rinde schon fehlt, die vom Regen heruntergewaschen und vom Wind abgebrochen wurde, steckt doch noch etwas Leben drin. Der mächtige Stamm teilt sich einen Meter über der Erde in sieben Zweige. An dieser Stelle hat sich eine Mulde gebildet, wo sich mit der Zeit fruchtbare Erde gesammelt hat und die Samen von einem anderen Baum bedeckt haben. Und langsam wuchs da ein neuer dünner Setzling, der schon fast zwei Meter lang ist und auch um sein Leben kämpft. Das Leben und der Tod sind allgegenwärtig und nebeneinander.

Überall, wohin das Auge reicht, gibt es einen stillen Kampf um einen Platz unter der Sonne.

Mir kam wieder der Gedanke, dass es viel Gemeinsames in der Flora und Fauna gibt. Dieselben Gesetze – eins kann nicht ohne das andere existieren. Alles ist miteinander verbunden in dieser großen Welt, wo der Mensch das wichtigste Glied in dieser Kette ist. Auf irgendeine Weise hat der Mensch die Natur und Tierwelt verdrängt und sehr viel Platz für sich beansprucht. In den letzten anderthalb Jahrhunderten hat die Menschheit sich sehr schnell immer weiter vermehrt. Es fehlt in einigen Ländern das Trinkwasser. Irgendwann wird die Menschenpopulation sich verkleinern nach dem Naturgesetz: Wenn es zu viele Wölfe gibt, verringert sich die Anzahl der Hasen und umgekehrt. So funktioniert die Natur.

Ein glückliches Ehepaar

Während meiner Waldspaziergänge findet sich immer etwas Neues und außergewöhnlich Interessantes für mich.

Der Wald ist in jeder Jahreszeit auf besondere Art schön durch seine Vielfalt. Am Rande einer Lichtung wurde ich auf eine eigenartige Baumkrone aufmerksam, in der die Blätter von der Birke und der Buche vermischt waren. Bei ein und denselben Baum gibt es doch so etwas nicht. Ich kam näher zu diesem Naturwunder. Es stellte sich heraus, dass irgendwann ganz nah aneinander zwei Setzlinge aufgegangen waren – von einer Birke und einer Buche.

Mit der Zeit hatten sich die zwei Stämme mit einander verflochten. Wie Verliebte umarmten sie sich, wuchsen miteinander zusammen und bildeten ein gemeinsames Blätterdach.

Bei jedem Windhauch flüsterten die verschiedenartigen Blätter über ihr gemeinsames Leben.

Gemeinsam hatten sie die stärksten Winde überstanden, alle Sorgen und Naturfreuden geteilt. Mir kam der Vergleich von diesen zusammengewachsenen Bäumen mit der schönen Baumkrone mit einem jungen verliebten Paar in den Kopf, das mit der Zeit geheiratet hat, eine Familie gegründet und Kinder großgezogen hat. Sie lebten friedlich und einträchtig bis zum hohen Alter und hatten alle Widrigkeiten des Lebens überstanden.

Waldsymphonie

Seit dem frühen Morgen wärmt die strahlende Sonne alles ringsum auf. Ich habe keine Lust am Computer zu sitzen. Ich ging raus aus dem Haus und begab mich in den Wald. Ein leichter frischer Wind füllte dort meine Lungen und Seele mit Heiterkeit. Er wurde aber bald ziemlich stark. Die Wipfel der Bäume wiegten sich hin und her, die Zweige schaukelten und die Blätter raschelten geheimnisvoll. Der Wald war unruhig geworden, aber es war kein Lärm, sondern eine göttliche Musik, die ich da heraushörte, eine Waldsymphonie, die der Wind und der Wald zusammen wie ein Naturorchester überraschend schön und einmalig gemeinsam komponierten.

Der Himmel füllte sich mit immer neuen vorbei schwebenden Regenwolken und sorgte für eine geheimnisvolle Dämmerung. Ich kehrte um und eilte nach Hause. Plötzlich zerbrachen ein Blitz und ein darauffolgender Donner das Firmament, als ob Pauken und Trompeten in dieses Waldorchester eingestiegen waren und eine beunruhigende Note in dieses Licht- und Schattenspiel der Natur beimischten. Meine Schritte wurden immer schneller. Die ersten Regentropfen fielen herunter und die Luft füllte sich mit Ozon.

Die Laute des Waldes verzaubern wie eine Naturmusik. Es war alles so wunderbar, aber ganz nass werden wollte ich doch nicht. Ohne lange zu überlegen, begann ich zu laufen und erreichte das Haus ein paar Augenblicke früher als ein richtiger Regenguss begann. Danach saß ich am Fenster und beobachtete die Bachstürze, die sich am Rande des Weges bildeten.

Außergewöhnliche Träume

Zum Herbstbeginn tauscht der Wald sein prächtiges Grün in ein sehr buntes Herbstgewand.

Die schönen Birken mit weißen Stämmen, stehen wie junge Mädels vor der Hochzeit und probieren ihre goldenen Blätterkleider an. Der goldene Herbst.

Irgendwann beginnt der Blätterfall. Bei jedem Windstoß wirbelt immer mehr Laub in der Luft und landet dann wie ein warmer zauberhafter orientalischer Teppich auf der Erde. Es raschelt so angenehm unter den Füßen.

Mir kommt wieder meine lang vergangene Kindheit in den Sinn, als ich mich so gern auf dieser Herbstdecke ausstreckte und am Himmel die Wolken anschaute. Sie waren so einmalig schön und änderten sich ständig.

Wenn der Wind die Bäume schaukelte, sah es so aus, als ob die Zweige den vorbefliegenden Wolken winkten. Manchmal wurde der Wind immer stärker und jagte regelrecht die Wolken.

In meinem Teenagerkopf tauchten außergewöhnliche Träume auf. Er sah sich am Lenkrad eines märchenhaften Schiffes im wütenden Ozean. Es wurde von Piraten verfolgt. Auf dem Schiff befindet sich ein Schatz und die Piraten kommen immer näher. Man hörte ihre bedrohenden Schreie. In diesem gefährlichen Moment legt sich plötzlich der Wind. Die Wolken bewegen sich auch nicht mehr. Leider verschwindet das Bild danach.

Es ist interessant die Übergänge aus einer Jahreszeit in die andere zu beobachten. Das prächtige Grün wird immer dunkler und matter. Auf einigen Bäumen sind die ersten gelben Strähnchen zu sehen. Es sind die ersten Merkmale des Herbstes. So wie bei den Menschen in der Herbstzeit ihres Lebens die ersten grauen Haare auftauchen, manchmal auch die ersten Falten um die Mundwinkel und unter den Augen.

Die Zeit bleibt nie auf der Stelle stehen. Sie geht immer weiter. Es kommt die Erntezeit mit voller Wucht. Die Tage werden kürzer, der Himmel ist oft ungemütlich grau. Die Sonne ist viel milder, wärmt nicht mehr so und versteckt sich oft hinter den Regenwolken. Die gelben Blätter sind schon keine Seltenheit. Die bunten Herbstfarben erfreuen das Auge mit seiner natürlichen Schönheit.

Der Herbst ist, meiner Meinung nach, die schönste Jahreszeit. Alles kommt zu seiner Zeit.

Die Menschen haben noch genug Freuden und Sorgen. In jungen Jahren fehlt einem immer die Zeit. Das Leben ist so verführerisch, aber man muss auch viel lernen, einen Beruf ergreifen. Dann kommt viel Arbeit dazu, die Familie muss ernährt werden. Wenn die Kinder erwachsen werden, muss man ihnen auch helfen, bis sie mit der Lehre oder dem Studium fertig sind. Dann gründen sie Familien. Naturgemäß kommen dann auch die ersten lieben Enkelkinder. Mit 50 achtet man noch nicht so auf die grauen Haare, aber einige bekommen dann auch schon einen ganz grauen Kopf. Vorbei geflogen die Jahre, man zählt schon nicht mehr die grauen Haare. Der Winter ist ganz nah…

Gefährliche Fahrten

Das Holz aus den Bergen zu transportieren, ist eine komplizierte und gefährliche Angelegenheit, denn die Bergstraßen haben viele Kurven, langwierige und kurze schwindelerregende Auffahrten und steile Abhänge. Auf solchen Straßen waren nur erfahrene, mutige, freiwillige Fahrer unterwegs. Bei der ersten Reise eines Neuen war immer ein erfahrener Fahrer dabei. Es gab auch Fälle, dass gute Fahrer mit viel Erfahrung nicht in die Berge reisen wollten. Es wurde niemand dazu gezwungen. Manchmal war es aber auch umgekehrt. Da beherrschten die jungen, tollkühnen, romantischen Männer die Bergwege. Unter diesen war unser lediger, all-gegenwärtiger Hauptdarsteller Namens Albert. Alleine und ruhig war er wieder mal im Winter unterwegs. Das Holz wurde hauptsächlich in den Wintermonaten transportiert. Im Sommer standen normalerweise andere landwirtschaftliche Aufgaben auf dem Tagesplan.

Einmal bei einer steilen Auffahrt klappte es nicht, eine Kurve zu passieren. Die Schneeketten lagen im Wagenkasten, er hatte sie nicht befestigen wollen. Es war nämlich keine angenehme Arbeit. Nach einigen Versuchen klappte es normalerweise - bugsierend den Berg hoch, dann runter - ein Hindernis zu überwinden. Nichts Besonderes. Man brauchte einfach nur Verstand, Hartnäckigkeit und Tapferkeit. Dieses Mal jedoch hatte ihn die Glücksgöttin verlassen. Beim nächsten Versuch, die Auffahrt im Rückgang zu überwinden, wurde Albert's Auto gefährlich nah an den Gebirgsfluss, der an der Straße entlang floss, geschleudert. Das Auto blieb stecken. Um alleine aus dieser Situation rauszukommen, gab es keine Chance. Kein Spezialfall, aber er brauchte Hilfe.

Bald kam ein Auto entgegen. Kurz anhaltend rief der Fahrer mit einer munteren Stimme:

„Was ist los?"

„Ich bin stecken geblieben."

„Befestige! Ziehe dich gleich raus!"

Nicht lange überlegt, schnell ans Lenkrad und rief: „Fertig, ziehe!"

Das Auto mit zwei Triebachsen kam gut aufwärts. Die Trosse war aber viel zu lang und hatte sich zu stark an der Kurve gespannt. Da geschah Unerwartetes. Das Auto entfernte sich nicht, sondern näherte sich dem Bergfluss mit unglaublich starker Strömung und steilen Ufern.

Als Albert die ganze Gefahr begriffen hatte, machte er mit der rechten Hand am Steuer und mit dem linken Fuß am Trittbrett die Wagentür auf und rief laut. Als der Helfende den beunruhigenden Ruf horte, blieb er stehen, er merkte die gefährliche Situation beim Rettenden, ließ die Trosse erschrocken los und fuhr weg.

Der wackelnde Wagen blieb jetzt hielflos am Abgrund zum brodelnden Fluss stehen. Links auszusteigen, wäre viel zu riskant: die kleinste Bewegung und das Auto würde umkippen und Albert unter sich begraben. In so einer kritischen Lage sind für die Selbstrettung starke Nerven und Ausdauer gefragt. Die schwierige Situation verstehend gelangte der junge Mann auf die rechte Wagenseite durch den Innenraum, kletterte auf den festen Boden, atmete tief aus und schaute sich um. Die Lage war bedrückend, aber das Schlimmste war vorbei. Selbst war er gesund und munter und das Auto war in Ordnung. Albert hatte sich beruhigt, überlegte bereits seine nächsten Schritte. Rückwärts ziehen durfte man nicht, das Fahrzeug würde umkippen. Lange kreiste er um den Wagen herum, nach möglichen Rettungsvarianten im Gedächtnis suchend. Die Lösung wurde schnell gefunden. Mit einer ganz kurzen am Kabinenhacken rechts unten befestigten Trosse konnte man das Auto ziehen. Es blieb nur noch auf einen passenden Wagen zu warten.

Um keine Zeit zu vergeuden, aß Albert seinen noch von Zuhause mitgenommenen Proviant. Inzwischen kam ein mit Holz beladener LKW aus der Ferne. Ohne Ladung konnte dieser ihn nicht rausziehen. Der Fahrer, der kurz stehen geblieben war, rief aufgeregt:

„Junge, du bist ein Sonntagskind!"

„Das weiß ich nicht."

„Dein Auto hängt am Wasser und wackelt."

„Glück gehabt."

„Nur durch ein Wunder ist der Wagen nicht auf dich gekippt!"

„Das heißt, ich werde lange leben."

Die beiden besprachen sich kurz, der Fahrer bot seine Hilfe an. Die zwei Autos wurden kräftig mit einer kurzen Trosse zusammengebunden. Albert saß am Steuer. Der freundliche Fahrer zog langsam und vorsichtig Alberts Auto und rettete es so. Der Glückliche bedankte sich bei seinem Retter und verabschiedete sich von ihm. Ohne lange zu überlegen, befestigte der junge Mann die Ketten auf den Rädern und nahm gut gelaunt seinen Weg weiter auf.

Bis er ans Ziel ankam, war die Nacht angebrochen. Nicht zum ersten Mal übernachtete er, wie ein alter Bekannter, zu Gast bei den Holzfällern auf der Schlafbank in einer warmen Waldhütte.

Am nächsten Tag wurde der Lkw mit Holz beladen und war nun für den Rückweg bereit. Die gefährlichen Stellen hinter sich gelassen, entfernte Albert die Ketten. Ohne diese auf normalen Straßen zu fahren ist viel einfacher. Beim Fahren singend ist der Tag unbemerkt verlaufen. Als er das Tal erreicht hatte, war es ganz dunkel. Es wurde kalt. An einem offenen Ort zwischen den Bergen wehten ständig kalte Winde. Doch stimmte etwas nicht! Das Auto blieb stehen. Bei der Untersuchung bemerkte der junge Mann den platten Reifen rechts hinten. Ohne lange nachzudenken, den kalten Wind ignorierend war Albert gezwungen, mit der Arbeit anzufangen. Zum Glück gab es einen Ersatzreifen. Man musste unter das Auto klettern, es mit dem Wagenheber hochheben und den Reifen wechseln. Ohne Handpumpe ginge das natürlich nicht. Bei gutem Wetter wäre es eine einfache Arbeit gewesen. Die dunkle Nacht, minus 20°C, und durchdringender Wind erschwerten die ganze Sache. Die eiskalten Hände waren nicht mehr gelenkig. Albert fror schnell bis auf die Knochen durch. Mit Zähnen klappernd machte er sich weiter auf seine komplizierte Reise. Langsam wurde ihm warm.

Die Räder drehten sich, die Straße kam freundlich entgegen. Inzwischen hatte es angefangen, leicht zu schneien, mit der Zeit schneite es immer stärker. Überall herrschte stockdunkle Nacht. Nur das helle Fernlicht eines einsamen Autos drang durch die Dunkelheit. Der Schneesturm wehte entgegen. Vor der Glasscheibe flogen wie verzaubert Wolken aus Schneeflocken hoch und verschwanden an den Seiten. Unbeschreibliche Schönheit. Man steht unter einem Eindruck, dass der magische Wagen dem Weltall entgegeneilt.

Der junge Mann lächelte glücklich. Er hatte seine harte Reise überstanden und befand sich nun in einem unglaublichen Märchen. Der Schneesturm beruhigte sich langsam. Die Straße lag unter einer weißen, weichen

Decke. Im Autolicht funkelte der Schnee wie mit Diamanten bedeckt.

Unterwegs gab es keine Autos. Alberts Lkw hinterließ die ersten Spuren in der Schneelandschaft.

In der Zukunft erwarten ihn noch viele interessante Abenteuer. Das Leben hatte gerade angefangen. Es ist schön durch seine wunderbaren Ereignisse, neue Bekanntschaften und unerwartete Begegnungen.

Schnelle Hilfe

Der Fahrdienstleiter sagte Kornej plötzlich morgens, vor seiner Abreise, dass er dringend vom Betriebsleiter erwartet wird.

„Wieso?" wunderte sich Kornej.

„Weiß ich nicht..."

„Ist etwas passiert?"

„Er wird selbst alles erklären."

Es war sehr selten, dass man zum Vorgesetzten der Lastkraftwagenfirma bestellt wurde.

Es war ein sehr ruhiger und gutmeinender betagter Mann. Er hatte viel erlebt, während des Krieges, war verwundet gewesen und ausgezeichnet worden für seine Tapferkeit. Er spürte den Krieg noch immer in seinen Knochen, aber sein Charakter hatte sich trotzdem nicht verändert. Er blieb einfühlsam, nett und hilfsbereit.

„Komm herein, setzt dich", lud er Kornej etwas besorgt ein. „Es gibt eine sehr ernste Aufgabe für dich. In einem weit entferntem Bergdorf Tau-Tschilik ist eine junge Lehrerin schwer krank geworden. Sie stammt aus unserer Stadt. Nach einem einjährigen Lehrerlehrgang hat man sie, eine achtzehnjährige, dorthin zum Arbeiten geschickt. Sie ist selbst nicht imstande von dort nach Hause zu ihren Eltern zu kommen. Von selten fahrenden, zufälligen Lastwagenfahrern mitgenommen, mehrmals umsteigen zu müssen – das ist für sie zu gefährlich. Wir haben darüber beraten und möchten dir diese Aufgabe übertragen. Du bist ein ernster verantwortungsvoller Kerl, hast Erfahrung mit Bergstraßen, und - obwohl noch jung - bist du ein erstklassiger, Autofahrer. Wir können es dir nicht einfach befehlen, weil es eine sehr schwierige Reise ist. In diese entfernten Dörfer kommen unsere Fahrer sehr selten. Dort, wie gewöhnlich, wird man dein Auto mit Baumstämmen beladen und du nimmst die Lehrerin auf der Rückfahrt als Beifahrerin mit zu ihren Eltern. Was meinst du dazu? Eine andere Möglichkeit, die Schwerkranke in die Stadt zu bringen, gibt es einfach nicht. "

„Was sein muss - muss sein", antwortete Kornej ohne lange zu zögern.

Zum Ziel seiner Reise kam er ohne Zwischenfälle. Am selben Abend noch hatte man seinen Lkw beladen. Am nächsten Morgen, sehr früh, beim Sonnenaufgang, halfen die Nachbarn mit, die fast hilflose junge Frau ins Auto auf den Beifahrersitz zu helfen. Es war mitten im Winter und sie wurde sorgfältig mit einer Decke zugedeckt. Man wünschte den beiden eine gute Fahrt.

Erst in diesem Moment wurde Kornej klar, was für eine große Verantwortung er auf sich genommen hatte. Allein die kurvige Bergstraße hinunter zu brettern war nicht ungefährlich, aber noch etwas anderes, das mit so einer schwerkranken Beifahrerin zu im. Zuerst schwiegen beide, aber der Weg war lang und das Schweigen war unerträglich. Kornej sprach sie als Erster an und fragte, wie sie heißt.

„Vera", antwortete die Kranke leise.

„Mit so einem Namen sollte man an Glück denken."

„Es bleibt nichts anderes übrig."

„Mach dir keine Sorgen, Vera!"

Der Weg führte steil nach unten und es gab viele gefährliche Kurven. Sie fuhren ganz langsam weiter und kamen zu einer Brücke über einen reißenden Bergfluss in einer tiefen Schlucht. Kornej bremste auf einem kleinen Vorplatz bei der Brücke. Bei solchen steilen Wegen muss man mit dem ersten Gang fahren und dabei ständig den

Fuß auf der Bremse haben, damit der tonnenschwer beladene Laster nicht ins Rutschen kommt. Leichtsinn kann tödlich enden. Kornej begann Vera zu erklären, dass am anderen Ufer ein sehr schwieriger Weg nach oben führt. Die Straße sei so eng, dass zwei Autos nicht aneinander vorbei kommen können. Wegen der vielen Kurven habe man keinen guten Überblick, ob jemand entgegen kommt. So müsse man versuchen, auf die Geräusche zu achten und so entscheiden, ob der Weg nach oben frei ist. Nur dann dürfe man hochfahren.

„Um auf Nummer sicher zu gehen", erklärte er Vera, „werde ich meinen LKW jetzt umdrehen und rückwärts fahren. Der Rückwärtsgang ist zwei PS stärker und so schaffen wir es."

Er wendete, dann sagte er: „Nun Vera, mit deinem Namen braucht man keine Angst zu haben. Jetzt geht es los."

Kornej musste sich bei dieser Rückwärtsfahrt mit der linken Hand an der offenen Tür festhalten und immer wieder nach hinten schauen, sich dabei so weit wie möglich herauslehnen, um besser den Weg zu über-blicken und vorwärts zu kommen. Er drückte das Gaspedal ganz herunter. Der Motor brummte schwerfällig, aber arbeitete mit voller Kraft. Als er rückwärts oben ankam, atmete Kornej erleichtert auf. Die junge Frau schwieg, war aber noch blasser geworden. Er wendete seinen Lkw und fuhr weiter, warf aber immer wieder sorgenvolle Blicke auf seine Beifahrerin.

Der Weg war lang. Ab und zu versuchte Kornej die kraftlose Vera zu unterhalten. Er sang Lieder, erzählte lustige Witze. Nach fünf Stunden anstrengender Fahrt schlug er vor an einer geschützten Stelle eine Pause zu machen. Sie war einverstanden und er hielt bald darauf an. Kornej öffnete die Tür und half ganz vorsichtig der schwach gewordenen Frau an die frische Luft zu kommen. Sie erholten sich kurz etwas und fuhren weiter.

Bald spürte er Hunger und schlug Vera vor, etwas zu essen, aber sie flüsterte teilnahmslos: „Ich will nichts und kann nicht." Den Rest des Weges fuhren sie in besorgtem Schweigen. Die junge Frau schien zu dösen, aber manchmal kam es ihm vor, dass sie bewusstlos sei. „Lieber Gott, wie kann ich das Mädchen lebend nach Hause bringen!", dachte der junge Mann ängstlich.In der immer dunkler werdenden Dämmerung erblickten sie die Lichter der noch fernen Stadt. Am späten Abend in der völligen Dunkelheit erreichten sie das Haus von Veras Eltern. Sie warteten schon länger unruhig auf sie vor dem Tor und waren ganz verzweifelt.

„Mein Kind!" rief die Mutter mit Tränen in den Augen. Kornej half Vera aus der LKW-Kabine auszusteigen. "Du lebst, unser Herzblut! Wir danken dir vielmals, guter Mensch!"

Die vom Fieber und der langen schwierigen Reise ent-kräftete Tochter trugen die Eltern auf Händen ins Haus.... In derselben Nacht wurde Vera mit dem Krankenwagen ins Krankenhaus gebracht.

Eine Woche später erfuhr Kornej mit großem Bedauern, dass die junge Frau leider verstorben war.

Beim lebendigen Feuer

Wenn man in der Sauna am Kamin sitzt, tut es gut, die tanzenden Feuerflammen anzusehen. Den nackten Körper durchströmt wohltuende Wärme. Die Holzscheite knacken und verspritzen Funken in der Luft. Ich versinke wieder in Erinnerungen aus längst vergangenen Zeiten:

In meiner weit entfernten barfüßigen Kindheit fuhren wir zusammen mit dem Vater ins Heu. Wir lebten in einer Laube aus Baumzweigen, kochten das Essen auf einer Feuerstelle. Ich saß sehr gern an dunklen Abenden am Feuer und hörte mir die einfachen Erzählungen an, die das Leben selbst schreibt.

Verflogen, vorbeigerauscht wie ein Gebirgsbach sind die Jahre. Ich wurde selbst Vater. Ich arbeitete als Imker, fuhr mit den Bienenhäuschen in die Berge. In der zweiten Hälfte des Jahres gab es für die Bienen in den Tälern fast keine Honigblumen mehr, aber in die Berge kam der Sommer später und hier trugen die Bienen noch sehr viel Honig zusammen.

Bei diesen Reisen nahm ich manchmal auch meine Söhne mit. Sie kamen gerne mit, gingen mir zu Hand, sammelten trockene Zweige für die Feuerstelle. Wir kochten zusammen das Essen und Tee aus gesammelten Kräutern.

Die lebendigen Flammen ziehen gewöhnlich magisch Blicke an und es wird einem dabei nie langweilig. Sie haben etwas sehr Altes, Ursprüngliches und verzaubern einfach. Besonders schön ist es, wenn es dunkler wird. Im hellen Kreis an der Grenze der Dunkelheit ist es so angenehm über etwas Besonderem, Rätselhaftem oder Intimen zu träumen. Sogar die vertrauten Gesichter der

Kinder, beleuchtet von tanzenden Feuerflammen, verändern sich, sehen verträumt aus und sind mir besonders nah.

Der Lichtkreis des Feuers gibt uns das Gefühl, dass wir mit einem märchenhaften Vorhang von der ganzen Welt abgeschirmt sind. Wir verstehen uns besonders gut. Sprechen ruhig über das Universum, über unseren Planeten und über Alltägliches. Auf der glühenden Asche bereiten wir Pellkartoffel in Alufolie zu...

Wir treten aus dem Lichtkegel in die schwarze Dunkelheit und begeben uns auf eine Klippe, um die nächtliche Schönheit des Tales von oben zu bewundern. Sie ist nicht weit, vielleicht zweihundert Meter von unserem Bienenlager. Uns eröffnet sich ein atemberaubender Blick. Dort, in der Ferne, sehen wir ein Lichtermeer und über dem Kopf sehr hoch oben den besternten Himmel. Irgendwo am Horizont gehen die himmlischen und irdischen Lichter wie im Märchen ineinander über. Es entsteht der Eindruck, als ob man durch das Universum fliegt. In solchen Augenblicken ist es besonders schön, die Söhne neben sich zu sehen, die auch vom grenzenlosen Himmel verzaubert sind. Wir, drei verwandte Seelen, fühlen uns wie eine Einheit. Nur ab und zu teilen wir halblaut unsere Eindrücke, um die Stille nicht zu zerstören. Solche Momente bleiben für immer im Gedächtnis. Wir sitzen still in dieser nächtlichen Stille und möchten so lang wie möglich diesen besonderen seelischen Zustand genießen.

Verträumt kehren wir zum fast erloschenen Feuer zurück und beleben es mit neuen Holzscheiten. Das Feuer lebt auf, lodert empor und erwärmt die Jungs wieder angenehm nach der abendlichen Frische. Die Pellkartoffeln sind mittlerweile fertig, der Tee im vom Ruß schwarz gewordenen Teekessel ist heiß und duftet nach

Kräutern. Und wir haben plötzlich einen Bärenhunger hier unter dem besternten Himmel und an der frischen Luft.

Auf einem Stück Pressholz, das uns als Tisch dient, haben wir den von zu Hause mitgebrachten Speck verteilt. Der schmeckte wunderbar zu den frisch gebackenen Kartoffeln. Zum Tee öffnen wir noch ein Glas selbstgekochter Marmelade. Das Leben ist ungewöhnlich, unnachahmlich schön. Wir atmen tief und frei diese wunderbare Luft ein. Plötzlich höre ich, wie aus einer anderen Welt, die Stimme meines Freundes, der mich zurückholt hat aus meiner Vergangenheit. Ich werde alt, denke immer mehr über das vergangene Leben. Die Kinder sind längst erwachsen geworden. Die Enkelin ist schon 18. Der Enkel wird bald sechzehn. Und ich bin schon über die Siebzig... Gut, wenn man so viele schöne Erinnerungen hat. Vielleicht erlebe ich auch die Urenkel noch. Das Leben ist gut, und es ist gut zu leben.

(aus dem Russischen von Stephanie Lauer)

Am Ufer des Flusses

Der Sommer 1983 war ein besonderer für meine Familie: Beide Söhne hatten ihr Studentenleben begonnen! Der ältere, Andreas, wurde nach der Mittelschule in das Kasachische Landwirtschaftliche Institut eingeschrieben. Der jüngere, Paul, begann nach der 8. Klasse seine Berufsausbildung in der Kunstfach-hochschule. Es waren sehr wichtige Ereignisse für uns: die Kinder waren flügge geworden, hatten ihr selbst-ständiges Leben begonnen.

Meine Frau machte sich Sorgen: „Wie werden sie allein ohne uns in Almaty klarkommen?"

Ich beruhigte sie immer wieder: „Almaty ist ja nur 50 Kilometer von uns entfernt. An den Wochenenden können die Jungs nach Hause nach Issyk kommen. Sie werden natürlich erwachsen, aber sind ja noch von uns materiell abhängig. Unsere moralische und finanzielle Unter-stützung werden sie immer brauchen".

Unsere Studenten hatten noch etwas Zeit bis zum Semesterbeginn und ich schlug ihnen vor, an das Ufer des großen kasachischen Flusses Ili zu fahren.

Nach einem ausgiebigen Frühstück packten wir in den Kofferraum alles Notwendige: das Zelt, Holz fürs Feuer, Lebensmittel für zwei Tage und unseren oft bei den Ausflügen benutzen Teekessel, der mit schwarzen Ruß bedeckt war. Unser Ziel war fast 150 Kilometer entfernt, aber wir kamen gefühlsmäßig schnell dort an. Unterwegs machten die Jungs Scherze über ihre Ängste bei den Aufnahmeprüfungen und stellten sie in lustigen Dialogen zwischen den Prüfern und ihnen dar. Ich lachte auch herzlich gerne mit.

Bei dieser Unterhaltung verging die Zeit sehr schnell, wir erreichten bald den Kaptschagajer Stausee und fuhren über den Damm an das andere Ufer des Flusses Ili. Hier begann die endlose kasachische Steppe. Wir fuhren noch etwa 25 Kilometer auf einer asphaltierten Straße und bogen dann in eine Landstraße ein, die erst kaum merkbar, aber dann immer steiler nach unten führte, einem Messerschnitt ähnlich in der Landschaft zwischen den steilen Ufern des kurvigen Flusses in der Schlucht.

Bald erreichten wir den Fluss hinter dem Kaptschagajer Stausee.

Wir hatten den Eindruck, als würden wir in eine andere geheimnisvolle wunderschöne Welt dieser Talsenke eintauchen. In vielen Jahrhunderten oder -tausenden hatte der Fluss sich einen tiefen und sehr breiten Weg in die Flussniederung gegraben.

Wir fuhren noch fünf Kilometer am Ufer entlang gegen die Strömung und schauten uns um. Es waren etwa zweihundert Meter von einem Ufer bis zum anderen. Am gegenüberliegenden Ufer sahen wir eine Klippe, die wie ein Ausrufezeichen oder ein Finger aussah. Teufelsfinger heißt sie. Auf unserer Seite, ungefähr fünfzig Meter von unserem Rastplatz, ragte ein steiler Berg ungefähr hundert Meter in die Höhe. Auf seinem Gipfel machte eine große Vogelkolonie unwahrscheinlichen Lärm. Einige Vögel flogen weg, die anderen kamen gerade an. Lärm und Zänkerei, so dass die Federn und Daunen in der Luft herumflogen.

„Das sieht hier fast wie auf einem Flughafen aus", bemerkte Andreas.

„Genau, Anflug und Abflug wie im Flughafen", unterstützte ihn der Bruder.

„Ein Vogelberg", beschlossen sie einstimmig.

Wir bewunderten den schönen Ausblick, stellten das Zelt auf, verteilten unsere Schlafsäcke und bereiteten den Feuerplatz für den Abend. Paul stellte seinen Farbkasten auf: für einen zukünftigen Maler war es eine ausgezeichnete Gelegenheit in der Natur zu arbeiten. Die wunderbare Landschaft ist ein guter Stimulus zur Steigerung der Kreativität und besondere Einfälle! Die Augustsonne streichelte zärtlich die Haut. Es atmete sich hier so leicht. Es war aber an der Zeit, etwas den Hunger zu stillen. „Von Schönheit allein wird man nicht satt", sagte ich und öffnete die große Reisetasche mit Lebensmitteln. „Schauen wir mal nach, was Mama uns als Wegproviant mitgegeben hat!"

Wir bereitenunsere Tischdecke auf dem grünen Gras und Andreas rieb sich die Hände: „Ich weiß nicht wie es euch geht, aber ich habe tierischen Hunger."

"Ich bin auch hungrig", pflichtete Paul ihm bei.

Nach dem sättigenden Mittagessen machten wir einen Spaziergang. Es gab so viel Interessantes ringsum! In dieser Schlucht wurden ab und zu Filme gedreht, was die besondere Schönheit dieses Fleckens Natur bestätigte. Ohne Hast näherten wir uns den „beschrifteten Klippen" am Ufer des Flusses. Ganz nah am Wasser waren auf einem riesigen Stein uralte Zeichnungen der Menschen aus der Steinzeit erhalten geblieben. Dieser wunderbare Ort ist nur dreihundert Kilometer von der Chinesischen Grenze entfernt. Dort, außerhalb der Sowjetunion, in China, befinden sich die Urquellen des Flusses Ili. Die Söhne fingen an über die Urmenschen zu diskutieren, die hier gewesen oder sogar an diesem Ufer gelebt haben könnten.

„Wahrscheinlich haben hier die Vorfahren von den Kasachen gelebt", mutmaßte Andreas.

„Vielleicht auch Chinesen oder Ujguren", meinte Paul.

„Die Nomaden könnten bestimmt am Flussufer gelebt haben. Sie brauchten ja nicht unbedingt schwimmen zu können. Also könnten es sehr wahrscheinlich auch Kasachen gewesen sein, die hier mal gelebt haben."

Ich sagte: „In China, an der Almaty Gebietsgrenze, leben sehr viele Ujguren. Sie haben dort sogar eine eigene Autonomie. Also könnten es auch die Ujguren gewesen sein..."

Wir unterhielten uns über diese Volksstämme, die möglicherweise hier lebten, am Fluss Ili, welcher in den Balchaschsee mündet, der so groß wie ein Meer in der Steppe ist.

Und wir überlegten uns, wie die Ureinwohner den Fluss überquert haben könnten.

Andreas fotografierte viel während des Spazierganges. Paul machte sich kleine Skizzen.

Unsere Gedanken kreisten um die Geschichte. Wir erinnerten uns an eine alte Sage:

Im 10. Jahrhundert hatten die Buddhisten am Fluss Ili eine Mission gegründet.

Während einer Reise der indischen Kaufleute die Seidenstraße entlang der Ebenen der Sieben Flüsse, genannt Semiretschje (Семиречье), gab es ein Erdbeben und ein Teil einer Klippe flog vom „Himmel" zur Erde. Es war für die Inder sehr erschreckend und ein schlechtes Omen noch dazu. Sie kehrten um, zurück nach Indien. Auf diesem Stück der Klippe gab es drei Bildnisse Buddhas.

Etwas weiter wurde der Lauf des Flusses schmaler, aber wir gingen nicht so weit. Wir hatten einen gewaltigen Halbkreis hinter uns und näherten uns dem Vogelberg von der anderen Seite.

Andreas schaute sich die langsam höher steigende Bergseite an und rief: „Hier kann man problemlos bis nach oben gelangen. Wer macht mit?"

Paul antwortete: „Ein Kluger klettert nicht auf den Berg, er umgeht ihn einfach."

„Vater, komm mit!"

„Nein", antwortete ich. „Ich bin mit Paul solidarisch."

Wir gingen ohne Andreas weiter. Umrundeten langsam den Berg und näherten uns unserem Schlafplatz.

Nach einiger Zeit hörten wir Andreas Stimme: „O-ho-ho, ich bin hier!"

Paul legte die Handflächen wie ein Sprechrohr um den Mund und antwortete laut: „Andreas, du bist ein Prachtkerl!"

„Hier oben sieht man sehr, sehr weit!", rief Andreas zurück.

„Uns geht es unten auch gut!"

Bald kehrte Andreas zurück, mit sich selbst und seinem Aufstieg zufrieden. Fast unbemerkt umhüllte uns die Dämmerung. Bis wir das Feuer in Gang gebracht hatten, war es ganz dunkel geworden.

Wir nahmen unser üppiges Abendbrot zu uns, bewunderten dabei die märchenhafte Schönheit und die Weiten des besternten Himmels über unseren Köpfen und den zarten Wellenschlag am Ufer des Flusses.

„Vater, erzähl uns etwas über unsere Vorfahren", baten die Jungs.

Ich begann meine Erzählung: „Im Jahr 1803 ist unser Ururgroßvater Martin Lauer zusammen mit mehreren anderen Familien aus Deutschland aus dem Dorf bei Tübingen im Land Baden-Württemberg auf Einladung der russischen Regierung ins kaum besiedelte Schwarzmeergebiet in das Gouvernement Chersones umgezogen. Dort entstanden mit der Zeit einige deutsche Kolonien. Im Jahr 1891 ist von dort aus dem Dorf Landovka schon ein anderer unser Vorfahr, Jacob Lauer, mit seiner Frau, fünf Söhnen und zwei Töchtern ins Orenburger Gebiet umgezogen. Zum Frühlingsbeginn bauten sie vorübergehend Erdhütten für sich und schafften es auch noch, das ihnen zugewiesene Land fast vollständig für den Anbau von Weizen und Roggen auszunutzen. Im Herbst des ersten Jahres bekamen sie so eine sehr gute Ernte. In den nächsten Jahren bauten sie gute, größere Häuser, Stallungen fürs Vieh und Scheunen. In jeden Hof gruben sie einen eigenen Brunnen….“

„Und wie haben sie die Erde bearbeitet?“

„Mit Pferden.“

„Die Pferde brauchen ja auch Heu.“

„Mit Hilfe der Pferde hat man nicht nur die Äcker gepflügt, sondern sie auch beim Säen, Gras mähen und beim Heutransport benutzt.“

„Wo konnte man die Pferde noch gebrauchen?“

„Verschiedene Lasten transportieren, auch zu Besuch fahren. Im Winter - mit dem Schlitten, im Sommer mit der Kutsche. Im Orenburger Gebiet gab es sehr starken Frost und Windstürme. An solchen Tagen hat man Wattehosen angezogen, Filzstiefel, eine warme Pelzweste und darüber noch einen Tulup – einen langen Pelzmantel mit einem großen Kragen und breiten Ärmeln. In den Schlitten legte man unbedingt Heu hinein, um das Pferd unterwegs füttern zu können. Im Pelzmantel, auf dem Heu liegend, konnte man Wind und Frost aushalten.

„Was haben unsere Vorfahren noch außer Getreide angebaut?"

„Kartoffeln, Bohnen, verschiedene Gemüsesorten… Sie hielte auch Schweine, Enten und Gänse."

„Wie haben sie es alles geschafft mit einer so großen Wirtschaft?"

„Ihre Familien waren groß, alle packten mit an, Erwachsene, aber auch die Kinder. Im Frühling und in der Erntezeit hat man Tagelöhner angeheuert."

„Vater, bist du auch dort geboren?"

„Im Jahr 1895 bekam die Siedlung die offizielle Bezeichnung Pustosch-Adamovka. Mit der Zeit wurden von den Bauern eine Schmiede und eine Mühle gebaut. Dort wurde mein Vater geboren, dort erblickte ich das Licht der Welt und auch meine drei Schwestern sind da geboren.

„Und wie seid ihr nach Korkino gekommen?"

„Im März 1942 hat man alle russlanddeutschen Männer zwischen 18 und 50 Jahre zum Arbeitsdienst in die Arbeitsarmee mobilisiert. Im November desselben Jahres gab es die zweite Welle der Mobilisierung – da hatte man die fünfzehnjährigen Jungs und sechzehnjährigen Mädchen mitgenommen. Und auch Frauen, welche Kinder hatten, die älter als drei Jahre waren, und ältere Frauen mussten zum Arbeitsdienst. Ihre Kinder überließen sie den Großeltern oder Bekannten. Erst im Jahr 1946, schon nach dem Krieg, konnten die Familien zusammenziehen. Aber lange nicht alle haben die schweren Jahre überlebt.

In dieser schlimmen Zeit zog meine Mutter mit uns vier Kindern nach Korkino im Gebiet Tscheljabinsk zum Vater um, wo die meisten unter Tage beim Kohleabbau arbeiteten. Bis 1956 waren alle Deutschen der Militär-Kommandantur unterstellt, ohne Recht, diesen Ort jemals zu verlassen. Drei Jahre später ist unsere Familie nach Issyk umgezogen, wo ihr beide auch geboren seid. Das ist - kurz zusammengefasst - unsere Familiengeschichte."

Die Söhne schwiegen nachdenklich bei meinem Familienbericht. Das Holz im Feuer war schon fast verbrannt. Es wurde kühler. Wir zogen uns ins Zelt zurück und bereiteten uns für die Nacht vor.

Morgens kochten wir mit Hilfe der Flamme der Lötlampe unseren Tee. Das mitgebrachte Holz hatten wir abends verbraucht. Es war angenehm gemeinsam, gemeinsam am Ufer dieses mächtigen Flusses zu sitzen und sich zu unterhalten, in den Erinnerungen zu schwelgen.

„Erinnert ihr euch, an welchen Nebenflüssen von Ili wir schon gewesen sind?"

„Issytschka, Turenka," zählten die Söhne auf. „Tscharyn, Alma-Atinka."

„Bei der Tschalitschka sind wir auch vorbeigefahren."

„Es gibt noch einen Nebenfluss Tekes, der in den Ili mündet", fügte ich hinzu. „Er beginnt in Kasachstan und mündet auf der chinesischen Seite in den Ili. Erinnert ihr euch, als wir einmal zum See Issyk-Kul fuhren; da waren wir ganz nah an diesem Fluss, aber sind etwas früher abgebogen. Hier gibt es überall besondere Orte. Die Natur ist sehr schön und vielfältig. Schade, dass es an diesem Ufer, an dem wir übernachtet haben, keine Bäume und Büsche gibt. Aber es ist hier trotzdem sehr interessant."

Wir blieben noch ein bisschen, weil es uns zu schade war, diesen Ort zu verlassen. Wer weiß, ob wir noch mal irgendwann an dieses gemütliche grüne Ufer zurückkehren würden…

„Wenn wir unsere Diplome bekommen, nach dem Studium, kommen wir unbedingt zurück – hierher", sagte Paul, als ob er meine Gedanken erraten hatte.

„Vielleicht schaffen wir es auch früher", entgegnete Andreas.

Wir badeten noch im Fluss, aber dann mussten wir leider nach Hause fahren. Wie man sagt, erst die Arbeit und dann das neue Vergnügen.

Kurzurlaub in den Bergen

Robert wohnte und arbeitete im Schloss, das zu einer Unterkunft für Aussiedler umfunktioniert wurde. Dort hatte er sich eng mit der Familie von Viktor Wagner angefreundet. Obwohl Viktor Medizin studiert hatte, war sein Diplom noch nicht anerkannt. Viktor fungierte als Stellvertreter von Robert und musste einfache Arbeiten erledigen. Später, als er die Formalitäten erledigt hatte, begann er als Arzt in der Chirurgischen Abteilung im Krankenhaus zu arbeiten und seine Frau Elina als Apothekerin. Sie schafften es, trotz aller Schwierigkeiten, Arbeit in ihren früheren Berufen zu finden. Sie haderten nicht mit dem Schicksal, beklagten sich nicht und versuchten sich in der fremden Gesellschaft einzuleben. Sie lernten fleißig Deutsch, weil dies eine Voraussetzung für die Arbeit war, und um die hiesigen Sitten und Bräuche kennen zu lernen.

Eines Tages rief Viktor seinen Freund Robert an und lud ihn zu einem Ausflug ein:

„Komm mit zu einem Ausflug mit Schaschlik".

„ Wohin soll die Reise gehen?"

„ Ins Grüne".

„ Und wann?"

„Jetzt, sofort, wir haben schon alles zusammengepackt".

„Was soll ich mitnehmen?"

„Nichts. Wir haben alles vorbereitet!"

„Alles klar".

„Mach dich auf die Socken".

Robert sagte ohne zu zögern sofort zu. Der Vorschlag war viel besser, als am Wochenende zu Hause herumzusitzen. Er zog sich schnell um und war kurz nach zehn Uhr morgens schon bei den Wagners. Gut gelaunt schleppten sie gerade ihre voll bepackten Taschen und die Klappstühle zum Auto.

Elina mit Tochter Klara, ihrem Bruder Erwin und seiner Frau Galja, standen schon bereit zum Ausflug und allen voran sein Freund Viktor. Sie machten einen kleinen Umweg und holten noch Elinas Schwester Frieda mit ihrer Familie ab, die eineinhalb Jahre später nach Deutschland gekommen waren als sie.

Also war Robert aus dem Schloss zu einer beachtlichen Gruppe von Verwandten dazugekommen.

Fröhlich scherzend verteilten sie sich auf zwei Autos und brachen auf ins Grüne. Die ganze Woche hatte sie die Hitze geplagt. Vor allem wegen der drückenden Luft war die Fahrt anstrengend. Mittlerweile war es schon zwölf Uhr geworden, eine Zeit in der die Hitze immer am schlimmsten ist.

Robert hatte einen niedrigen Blutdruck, fühlte sich nicht gut und döste unterwegs ein. Auch Elina und Klara auf dem Hintersitz saßen mit geschlossenen Augen da. Nur Viktor wachte am Steuer und fuhr gut gelaunt weiter. Er war ein guter Lungenspezialist, und hing mit Leib und Seele an seinem Beruf und machte komplizierte Operationen. Er lebte nun über 300 Kilometer von seinen Verwandten entfernt. Sie konnten sich nur am Wochenende treffen. Die Familie sah er auch nicht jedes Wochenende.

Bald kamen sie in den Bergen an, wo es etwas kühler war. Alle atmeten erleichtert auf, als sie aus den Autos stiegen. Sie hatten sich einen Platz beim künstlichen

Stausee Sylvenstein ausgesucht, in dessen Wasser sich die märchenhaft schönen, bewaldeten Berge spiegelten.

In guter Stimmung ließen sie sich im Schatten alter Bäume nieder. Die Frauen breiteten ein großes Tischtuch auf dem Gras aus, die Männer beschäftigten sich mit dem Grill und dem Schaschlik. Bis die Kohle brannte, badeten sie mit großem Vergnügen in dem sehr sauberen bis in die Tiefe klaren See.

Das auf dem Grill brutzelnde Fleisch verströmte einen herrlichen Duft, der den Appetit steigerte. Die fröhliche Gesellschaft machte es sich bequem um den improvisierten Tisch – einige direkt auf dem Gras, die anderen auf Klappstühlen. In den Bergen am See ist die Luft besonders angenehm und man konnte tief durchatmen und sich entspannen. Nach dem Bad im See hatten sie Hunger bekommen, aber das Schaschlik war noch nicht ganz fertig. Doch kein Problem Jeder hatte etwas zu berichten und das Gespräch plätscherte immer weiter.

Sehr interessant fand Robert Friedas Bericht über ihre Familie. Sie wohnten noch in einem Aufnahmelager zu viert in einem Zimmer. Ihr Ehemann, früher ein Pilot der Luftwaffe im Grad eines Majors, durfte sich in Russland mit 45 Jahren pensionieren lassen. In Deutschland wurden ihm seine Jahre für die Rente nicht angerechnet, da er Russe und Ausländer sei. So musste der früh in ehrenhafte Rente verabschiedete Pilot wieder bei Null anfangen. Er war nicht auf den Kopf gefallen und konnte bei der Einreise schon etwas Deutsch. Er fand bald eine ziemlich schwere Arbeit im Steinbruch, aber er nahm sie mutig an mit den Worten: „Es ist keine Schande zu arbeiten, es ist eine Schande nichts zu tun."

Frieda hatte zwei Herzoperationen überstanden und war zu schwach, um regelmäßig zu arbeiten, versuchte aber als Putzfrau etwas dazu zu verdienen. Mit ihnen lebte ihre Mutter, deren Rente den gemeinsamen Haushalt aufbesserte, und der 16-jährige Sohn, ein gesunder kräftiger Bursche. Er sah gut aus und war nicht auf den Kopf gefallen - war immerhin der Klassenbeste und die Mutter glaubte, dass er wahrscheinlich eine vielversprechende Zukunft hätte.

Sie kamen nach Deutschland unter dem russischen Familienamen ihres Mannes, aber da er in Deutsch schwer aussprechbar war, nahmen sie alle Friedas deutschen Mädchennamen Wagner an. Sie hofften, sich dadurch schneller zu integrieren. Es war sehr schwer im fremden Land neu anzufangen, aber noch schwieriger war es für die russischen Ehepartner, auch psychologisch gesehen. Die Verwandten, Freunde und Arbeitskollegen waren nicht mehr da. Man musste noch einmal neu beginnen. Seinen Vornamen zu ändern weigerte sich Friedas Ehemann: „Den Familienamen musste ich ändern. Ich habe jetzt weder eine Flagge noch eine Heimat. Da will ich wenigstens meinen gewohnten russischen Vornamen Michail behalten. Ich lebe und arbeite im schönen Deutschland unter dem Namen Wagner, aber ich bin in der Seele ein Pugatschow aus Sibirien geblieben, aus der unvergesslichen Stadt Omsk."

Friedas ruhige Stimme empfand Robert wie das Singen eines Bächleins an einem heißen Tag, so bezaubernd und anziehend war sie. Frieda erzählte auch über ihren Nachbarn. Der Ärmste war arbeitslos, saß zu Hause herum und versuchte erst gar nicht, eine Arbeit zu finden. Seine Sehnsucht nach seiner bettelarmen Ukraine stillte er mit Wodka. Er kam nach Deutschland zusammen mit seiner russlanddeutschen Frau aus einem kleinen Krähenwinkel und hatte dort einfache Arbeiten erledigt, viel Selbstgebrannten gemacht und getrunken und auch nichts Anderes gewollt. Jetzt hatte er sich mit einigen Alkoholikern und Schmarotzern, wie er selbst, zusammengetan und sich selbst ganz aufgegeben.

Zum Glück sind die Menschen verschieden. Jeder ist selbst seines Glückes Schmied… Mittlerweile waren auch die Schaschliks fertig. Davor hatte Elina ihnen eine leckere Okroschka, eine kalte Gemüsesuppe mit Buttermilch, angeboten. Es wurde angestoßen und das Essen gelobt. Viktor's Schaschlik schmeckten hier, im Grünen, einfach himmlisch und dazu kamen noch verschiedene leckere Salate. Wie gut doch das Leben sein kann…

Elina war genau so schlank wie ihr Mann, hatte strahlende graublaue Augen und ein angenehmes Lächeln. Sie war eine studierte Apothekerin und machte gerade ein Praktikum in einer Apotheke für neunhundert Mark im Monat. Im fernen sibirischen Omsk hatte sie die Arbeit der Apotheken in der ganzen Stadt koordiniert. In einem Jahr stand ihr hier eine Prüfung in fünf Fächern bevor und erst dann sollte ihr Diplom in Deutschland anerkannt werden und sie würde entsprechend besser bezahlt werden.

„Was war das Schwierigste am Anfang in Deutschland aus deiner Sicht", wollte Robert wissen.

„Das erste Jahr in Deutschland ist natürlich in jeder Hinsicht das schwierigste, psychologisch und auch materiell natürlich. Alles war noch so fremd. Als ich eine Arbeit fand, hatte ich noch einige Probleme mit der deutschen Sprache. Besonders schwierig war es, den Kunden am Telefon zu erklären, wie welche Arznei einzunehmen sei. Ich war zuerst so angespannt, dass bei mir sogar die Hände kalt wurden. Jetzt habe ich mich eingearbeitet und es ist viel leichter geworden, aber ab und zu gibt es trotzdem noch Probleme. Vor kurzem gab es einen unangenehmen Zwischenfall..."

„Was ist passiert?"

„Ich erinnere mich nicht gern daran..."

„Erzähl doch..."

„Nun ja, es kam ein älteres Ehepaar zu uns in die Apotheke", begann Elina ruhig und ohne Eile zu erzählen. „Sie hatten viele Fragen und suchten ein sehr teures, seltenes Arzneimittel und kauften auch noch einige andere Medikamente. Ich erklärte ihnen lange und ausführlich, wie damit umzugehen sei. Sie schienen sehr zufrieden zu sein. Das teure Medikament packte ich extra in eine Tüte ein und legte es in eine kleine Tasche. Ich hatte ihnen viel Zeit und Aufmerksamkeit geschenkt. Sie bedankten sich herzlich und verließen gut gelaunt die Apotheke. Ich wunderte mich sehr, als sie ein paar Stunden später anriefen und sich beschwerten, dass das teure Medikament fehlte. Ich empfand es so, als ob mein russischer Akzent sie vermuten ließ, dass ich sie betrogen hätte. Der Chef erfuhr davon, er nahm mich in Schutz, aber sie behaupteten weiter das Gegenteil. Ich war so erledigt, dass ich mich nur mit Mühe und Not für den Rest des Arbeitstages konzentrieren konnte. In der Nacht träumte ich sogar von diesen Kunden. Am nächsten Tag dann gab es eine freudige Überraschung. Das Ehepaar kam wieder und entschuldigte sich für das Missverständnis. Sie hätten die kleine Tasche mit dem teuren Medikament in der Garderobe aufgehängt und danach war der Regenmantel darüber gekommen und dies hätte dieses Missverständnis hervorgerufen. Das Ehepaar war adliger Herkunft, hochgebildet, mit guten Manieren und auch ehrlich. Es kommt lange nicht jeder und entschuldigt sich, wenn er unrecht gehabt hat. Nur mutige und gut erzogene Menschen überwinden ihren Stolz und tun dies."

Erwin erzählte über einen Fall aus dem Urlaub mit seiner Frau am Mittelmeer in Tunesien. Da hatte eine Frau im Hotel laut behauptet, dass man ihr ihren Ring mit einem Diamanten aus ihrem Zimmer gestohlen hätte. Es war ein Erbstück gewesen und konnte ja nicht einfach so vom Erdboden verschwinden. Also musste das Zimmermädchen ihn gestohlen haben. Es gab einen großen Skandal mit vielen Tränen. Sie empfanden es als unangenehm, als die Frau ein paar Tage später ihnen erzählte, sie hatte diesen Ring in ihrer eigenen Tasche gefunden, aber nicht daran dachte, sich zu entschuldigen. Sie meinte, sogar, Tine solche Erniedrigung würde ihren Stolz verletzen. Alles andere wäre ihr völlig egal. So verschieden können Menschen sein…

Dann wurde Robert gebeten, etwas zu erzählen, er lebte doch schon seit fünf Jahren in Bayern. So zu sagen Tag und Nacht…

Er zögerte etwas, dann meinte er, dass er den Fleiß, die Ehrlichkeit und Gesetzestreue der Einheimischen immer wieder bewundert. Und wie in Bayern Heimat und Kultur geliebt und geehrt wird. Die Deutschen hatten den Krieg verloren, das Land war zerstört und erniedrigt worden. Trotzdem wäre Deutschland - im Gegenteil zum Siegerland Russland - wieder eins der reichsten Länder der Welt geworden. Robert beteuerte, dass er stolz sei, wie ein kleines Sandkörnchen zum deutschen Volk zu gehören. Sein ganzes Leben hatte er unter den Russen gelebt. Trotz aller Erniedrigungen, die er – wie alle Russlanddeutschen – während und nach dem Krieg unter der Kommandanturaufsicht erdulden musste, empfinde er Respekt vor dem russischen Volk. In jedem Volk gibt es gute und schlechte Menschen, Helden und Mörder und

Tyrannen als Regierende. Robert gehörte zur fünften Generation von Deutschen, die nach Russland umgesiedelt war. Er war dort ein Deutscher, aber in seiner historischen Heimat würde er wohl nicht mehr als ein „echter" Deutscher angesehen. Er bleibe ein Russlanddeutscher. Die Aussiedler seien nicht besser als die Deutschen in Deutschland und Russland, aber auch nicht schlechter. Sie seien einfach etwas anders. In ihnen hätten sich die Kultur, Sitten und Bräuche von zwei großen Völkern vermischt. Die im Sowjetland verlebten Jahre mit allen traurigen und freudigen Ereignissen könne und solle man nicht vergessen – sie sind ein Teil ihres Lebens...

Das Wetter begann sich mittlerweile zu verändern. Zuerst zerstörte ein leichter Wind das Spiegelbild des Waldes im Bergsee und überzog es mit leichten Falten, aber bald wurde der ganze See unruhiger und finsterer. Eine plötzliche Windböe riss Blätter und kleine Zweige von den Bäumen. Der Wind gab kurz nach und verstärkte sich dann aber wieder. Die Frauen hatten keine warmen Jacken mitgenommen und fröstelten. Es fanden sich aber ein paar Decken. Elina bekam von Robert seine Wolljacke, die sie erst nicht nehmen wollte, sich aber dann doch sehr darüber freute. Die anderen Ausflügler begannen sich schnell auf den Rückweg vorzubereiten. Die große Wiese wurde bald menschenleer. Es wurde immer kälter, der Himmel zog sich weiter mit dunklen Regenwolken zu. Auch unsere Gruppe sammelte schnell ihre Sachen zusammen und versteckte sich in den Autos, wo die sich angestaute Wärme jetzt als sehr angenehm empfunden wurde.

Der vorher so klare Himmel verdunkelte sich, es rumorte und donnerte und in der Ferne funkelten die Blitze. Die mit Regen schwangeren Wolken schütteten wie aus einem großen Eimer ihren nassen Inhalt auf die Erde.

Die Scheibenwischer schafften es nur noch mit Mühe die Wassermassen wegzuschieben. Doch nichts ist ewig in dieser Welt. Irgendwann hörte der Regen auf. Alle hatten sich wunderbar erholt und kehrten gut gelaunt nach Hause zurück. Trotz des Unwetters zuletzt, blieben ihnen dieser schöne Ausflug in netter Gesellschaft und die schöne Wiese in den Bergen für viele Jahre im Gedächtnis.

Großvater und Enkelin

Ich fuhr mal wieder zu meiner lieben Enkelin Steffi. Schon am Rande der Stadt, nur noch eine Viertelstunde Fahrt bis zu meinem Ziel, wurde ich durch einen Stau gestoppt. Eine lange Schlange zog sich vor und hinter mir. Es war ein sehr heißer Sommertag und diese stinkende Armada von Autos unter der glühenden Sonne bewegte sich sehr langsam, im Schritttempo. Manchmal zuckte sie ungeduldig wie eine echte Schlange, bewegte sich kurz und verharrte dann wieder im endlosen Warten.

Meine Nerven lagen blank. Gar nicht weit von hier wartete meine Enkelin ungeduldig auf mich, und ich, total erledigt von Hitze und Hilflosigkeit, konnte nichts unternehmen. Die Luft war so erdrückend, dass es mir den Atem verschlug, aber da war nichts zu machen.

Nach zweieinhalb Stunden nahm ich eine Ausfahrt von der Autobahn in der Hoffnung eine Umleitung zu finden. Das war vergebliche Müh. Ich war total enttäuscht, als ich sah, dass alle Straßen vollgestopft mit Autos waren.

Ich musste noch eine Stunde, um nicht im glühenden Auto zu verharren, in seiner Nähe hin und her entlang der Schlange schreiten. Ein Jahrhundert der Autos, Autos soweit das Auge reichte.

Nach vier Stunden konnte ich endlich meine Enkelin in die Arme schließen. Ich erfuhr, dass sie die ganze Zeit nicht vom Fenster gewichen war und auf ihren Opa gewartet und gewartet hatte.

Als sie mich sah, lachte sie laut auf und lief mir entgegen. Sie schmiegte sich an meine Brust und ich vergaß alle meine Reisestrapazen. Sie waren in weite Ferne gerückt.

Ich war in der Welt eines Wunderwesens meiner Enkelin – angelangt. Ich hatte dem lieben Kind ein kleines, aber besonderes Büchlein mitgebracht. Es hatte nicht viele Seiten, aber war sehr dick. Auf dem Titelblatt war ein dickes Gummi-Hündchen. Wenn man es drückte, begann es zu piepsen. Das kleine Mädchen hatte nicht genug Kraft, es zu drücken. Dann legte ich das Buch auf den Boden und zeigte ihr, dass es mit dem Fuß leichter zum Bellen zu bringen ist. Sie trampelte vergnügt auf dem Buch herum und lachte glücklich und ab und zu gab sie ihrem Opa einen Kuss. Manchmal braucht ein Kind nur eine Kleinigkeit um glücklich zu sein. Nur etwas Aufmerksamkeit – und der Dank des Kindes ist dieses glückliche Lachen.

Nach einer leckeren Mahlzeit, die von meiner fürsorglichen Schwiegertochter vorbereitet worden war, gingen wir zu dritt in einem nahe gelegenen Park spazieren. Es war ein sehr gemütlicher Platz mit verschiedenen Pferdeskulpturen. Besonders gefielen meiner Enkelin ein paar Pferde, die wie im Galopp erstarrt waren. Pferde sind ihre Lieblingstiere und bei ihnen vorbei zu laufen, ohne sie zu bewundern, ist sie nicht im Stande. Nebenan gab es auch einen großen Kinderspielplatz mit verschiedenen Schaukeln und Rutschen, die alle erprobt werden mussten. Sie lachte glücklich und lief von einer zum anderen, rutschte herunter in meine Hände und wiederholte: „Noch einmal, noch einmal!"

In der Tiefe dieses wunderbaren Parks gibt es eine Runde Wiese, vielleicht dreihundert Meter im Querschnitt, die etwas abgesenkt ist und man hat den Eindruck, dass es ein märchenhafter Teich mit grünem Wasser ist. Auf dem grünen Gras der „Ufer" sonnen sich Erwachsene, liefen vergnügte Kinder. An einer Seite dieser Wiese gibt es noch einen Kinderspielplatz mit einem Sandkasten und

„Waage"-Wippen und – etwas abseits, eine drei Meter hohe Roboter-Skulptur. All diese Sachen muss man irgendwie meiner neugierigen kleinen Enkelin erklären. Wir gingen immer sehr gern dahin spazieren, manchmal bis zu drei Stunden. Sie stapfte tapfer mit ihren kleinen Füßchen vorwärts und, wenn sie müde war und getragen worden wollte, gingen wir nach Hause. Ich trug sie gerne auf den Händen und hatte immer das Gefühl, dass von ihr eine wundertätige Energie ausging, die wohltuend in meine Seele strömte.

Als wir dann nach Hause kamen, war schon Abendbrotzeit. Mein Sohn Paul war schon von der Arbeit zurück; die Schwiegertochter Swetlana hatte wunderbares Essen vorbereitet. Die Enkelin saß neben mir und ahmte alles nach, was ich beim Essen machte, wie ich den Löffel hielt, die Gabel, wie ich sie zum Mund führte.

Zum Abschied fragte ich sie, was ich ihr mitbringen solle. „Bring mir Blümchen", antwortete sie.

Ich kam schon in der Dunkelheit bei mir zuhause an. Die Reise war trotz des ermüdenden Staus für mich zu einem Festtag mit einem guten Ausgang geworden.

Bei späteren Besuchen versuchte ich immer, Blumen mitzubringen. Die Enkelin nimmt die Versorgung der Blumen mit Wasser sehr ernst und trägt vorsichtig die Blumen in der Vase auf ihren Kindertisch.

Versteckspiel

Oft, wenn ich die Enkelin besuchte, nahm sie mich an die Hand und sagte: „Komm in mein Zimmer, damit uns keiner stört. Ich musste mir verschiedene Spiele einfallen lassen. Einmal setzte ich die Enkelin auf eine große Runde Milchkanne und zog sie so durch das Zimmer. Sie freute sich sehr, es war ja etwas Außergewöhnliches. Dann spielten wir Verstecken. Im Wohnzimmer machten wir das Licht aus, im Schlafzimmer war es auch halbdunkel. Ich legte mich ins Bett und bedeckte mich mit der Decke, damit sie mich nicht sofort finden konnte. Die Enkelin klopfte auf die Decke, schaute unters Bett, fand mich nicht und lief weiter. Ich blökte kurz wie ein Schaf auf: „Määä…" Sie drehte sich um und schaute noch mal unter dem Bett nach, lief ums Bett herum, klopfte noch mal auf die Decke und lief zu ihrer Mutter. Als sie schon an der Tür war, blökte ich noch mal auf und beobachtete durch einen Spalt ihre Reaktion.

„Mami, hilf mir den Opa finden. Ich habe Angst!", rief das arme Kind. Sie kam zurück mit ihrer Mutter und alles wiederholte sich. Die Schwiegertochter sagte ihr: „Ich kann Opa auch nicht finden. Vielleicht ist er nach Hause gegangen? Da meldete ich mich von unter der Decke: „Ä-ä-ä, hier bin ich!" Die Enkelin fragte verwundert:

„Mama, wo ist Opa?"

„Ich weiß nicht."

„Hilf mir, ihn zu finden."

Da öffnete ich eine Ecke meiner Decke und Steffi entdeckte mich endlich und rief voller Freude: „Hier ist der Opa!" – und begann lachend die Decke herunterzuziehen.

Nase putzen

Als mein Engelchen noch nicht so gut sprechen konnte, hatte sie sich einmal erkältet.

Die Eltern mussten dringend etwas erledigen und sie baten den Großvater, auf sie aufzupassen. Ich machte mich ohne lange zu zögern auf den Weg zu meinem Liebling. Ich war ziemlich schnell da und wir blieben zu zweit. Erst spielten wir, dann las ich ihr Märchen vor. Als es Zeit war, schlafen zu gehen, legte ich sie ins Bett und deckte sie mit der Decke zu. Sie sagte mir etwas, aber ich konnte ihre Kindersprache nicht verstehen, ich konnte da nichts Bestimmtes heraushören und verstehen, so Leid es mir tat. „Armes Kind", dachte ich.

Sie kletterte schweigend aus dem Bettchen heraus und brachte ein Taschentuch. Dann legte sie sich wieder hin und zeigte auf die Nase und wiederholte etwas, was entfernt dem „Nase zu putzen" ähnlich war. So ein unglaublich ruhiges Kind, klug und keine Quengelei. Ein richtiges Engelchen. Ich schämte mich, dass ich das Kindchen nicht sofort verstanden hatte, aber es war ja nicht so schlimm. Solche Ereignisse bleiben irgendwie lange, für Jahre, im Gedächtnis hängen.

Ich vermisse dich jetzt schon

Ein anderes Mal kamen meine Kinder mit der Enkelin zu mir zu Besuch, als ich noch im Schloss wohnte. Zum Gästeempfang hatte ich einen Kuchen gebacken. Wir grillten im Innenhof Schaschlik. Für die Enkelin war alles sehr interessant und sie stellte viele Fragen: Warum? Weshalb?

Besonders gern ging sie in der großen Parkanlage spazieren. Mit unserem Fragen-Antworten Spiel ging die Zeit sehr schnell vorbei. Die Eltern wollten nach Hause fahren, aber die Enkelin wollte einfach nicht weg. Alles gute zureden wollte nicht helfen. Ich sagte dann: „Steffi, wenn du mich vermisst, kommt ihr mich wieder besuchen".

„Ich vermisse dich jetzt schon, Opa." Als wir sie mit vereinten Kräften endlich überredet hatten und sie durch den Flur zur Eingangstür ging, entdeckte sie ein kleines

Eimerchen und einen Massageball. Sie legte den Ball ins Eimerchen und ging geschäftig weiter.

Ich sagte ihr: „Steffi, es ist mein Ball, ich brauche ihn selbst."

Wir wunderten uns, dass sie, ohne ein Wort zu sagen, den Ball herausnahm und weiter ging.

Schon groß

Bald kam die Einschulungszeit. Die Enkelin war jetzt eine Schülerin. Meine Schwiegertochter Swetlana und ich gingen das Geburtstagskind von der Schule abholen. Meine Kinder ziehen es vor, mit der Tochter mehr zu Fuß zu gehen. Sie kam aus der Schule, sah mich, und lief mir freudig entgegen. Ich nahm sie natürlich in die Arme, hob sie hoch. Sie umarmte mich, küsste mich begeistert, aber dann befreite sie sich aus Großvaters Händen mit den Worten: „Opa, lass mich runter, ich bin ja jetzt schon groß!"

Es tat uns beiden leid, aber ich wollte nicht, dass die Kinder sie auslachten. Wir kamen nach Hause, setzten uns an den Tisch und sie packte mein Geburtstagsgeschenk aus: Eine Puppe mit vielen Funktionen. Sie konnte sogar Wasser trinken und spezielle Grütze essen, sogar aufs Töpfchen für Groß und Klein gehen. Die Puppe konnte auch lachen, quengeln und weinen.

Aber das musste die Puppen-Mami Steffi ihr beibringen. Das war gar nicht so einfach. Wir mussten zu Dritt die Anleitung ausprobieren.

Die Puppe wollte lange nicht weinen. Als wir sie dann dazu gebracht hatten, wollte sie quälend lange nicht mehr damit aufhören. Als sie schließlich aufhörte, waren die Pampers nass. Es gab fast genau so viel zu tun mit diesem künstlichen Kind, wie mit einem echten. Später kaufte ich für diese Puppe noch ein Päckchen mit Kleidern, aber die konnte man nur in dem Laden von der Herstellerfirma kaufen. Als ich es erklärte, rief die Enkelin fröhlich: „Ja, Opa, dann musst du wieder für sie neue Kleider kaufen!" Wir lachten alle, dass noch viele neue Einkäufe für dieses Geschenk notwendig sein werden.

Als Steffis Papa, mein Sohn Paul, von der Arbeit kam, begann Steffi ganz entzückt und stolz über die Puppe zu erzählen und ihm zu zeigen, was sie alles kann.

Geschenk für Väterchen Frost

Morgens am 6. Dezember wollte ich wieder die Enkelin besuchen und machte mich früh zurecht. Um neun Uhr fuhr ich mit dem Auto zu den Fischteichen, die ziemlich weit entfernt von Bad Aibling sind. Die Fischzucht wird auf professionelle Art gemacht. Neben den Teichen steht ein schönes großes Haus mit allen Bequemlichkeiten: Heizung, fließendes Wasser, Kanalisation, eine gepflasterte Zufahrt und natürlich elektrisches Licht. Hier kann man vier Mal unter der Woche von neun bis zwölf Uhr und am Freitag von zwei bis sechs Uhr abends Fische kaufen.

In einem speziellen Raum gibt es große betonierte Behälter mit Wasser, in denen die Fische zum Verkaufen herumschwimmen. Man zeigt, was man gerne hätte, die Fische werden mit einem großen Kescher herausgefischt und mit einem Schlag mit dem Holzhammer auf den Kopf getötet. Nach Wunsch des Kunden kann man für einen kleinen Aufpreis die Fische ohne Schuppen, Innereien und Kopf bekommen. Da ist es sehr sauber. Es gibt vier verschiedene Fischsorten im Angebot: Forelle, Karpfen, Wels und Weißer Amur. Auf Wunsch meiner Schwiegertochter Swetlana kaufte ich fast vier Kilogramm vom Weißen Amur, und zwei Karpfen, nicht ausge-nommen und fuhr weiter. Unterwegs hielt ich noch bei einem Bauern und kaufte große Tannenzweige für Weihnachten.

Beim dritten Halt kaufte ich Kartoffeln, Möhren, rote Beete, Äpfel und frischen Weißkohl. Von zu Hause hatte ich einen am Vortag gebackenen Kuchen dabei, selbst eingemachte Möhren auf koreanische Art und ein Glas mit Walnüssen ohne Schale, die ich ebenfalls vorher schon vorbereitet hatte.

Auf diese Art war mein „Pferd" auf vier Rädern ziemlich bepackt. Um elf Uhr vormittags kam ich bei den Kindern an. Bis meine Schwiegertochter und ich alles aus dem Auto in die Küche geschleppt hatten, war es auch schon Zeit, die Enkelin aus der Schule abzuholen. Sie erblickte uns, als wir näher herankamen und lief uns entgegen mit ihrem Geschenk vom Nikolaus, ganz vergnügt und zufrieden. Es stellte sich heraus, dass ich zum richtigen Zeitpunkt gekommen war. Das Kind glaubt noch an den Väterchen Frost, der in Deutschland Nikolaus heißt.

Unterwegs zur Schule hatte mir Swetlana schon erzählt, dass Steffi abends einen Zettel für den Nikolaus geschrieben und heimlich für ihn auch ein kleines Geschenk vorbereitet und versteckt hatte. Das Kind versuchte, etwas Gutes für den Nikolaus zu machen, damit er auch ihr etwas Gutes schenkt. Abends, als sie eingeschlafen war, suchten die Eltern lange dieses kleine Geschenk und konnten es nur mit viel Mühe entdeckt: ein paar Kekse und Bonbons. Sie tauschten dieses Geschenk gegen ein größeres aus, das vom Nikolaus für Steffi sein sollte.

Als das Mädchen morgens wach wurde, lief es sofort zu ihrem versteckten Geschenk. Sie fand es und erzählte ihren Eltern ganz begeistert, dass es tatsächlich einen Nikolaus gibt. Er hätte ihr Geschenk gefunden, aufgegessen und ihr sein größeres Geschenk hingelegt. Und diese Geschichte wiederholte sie mit großem Vergnügen noch einmal.

Schon erwachsen

Die Kindheit meiner Enkelin ging viel zu schnell vorbei. Sie ist jetzt schon erwachsen geworden, eine junge Frau mit eigenen Sorgen, Hobbys und Freunden …

Den Großvater mag sie genau so wie früher und das ist gut so. Die Jugend birgt auch viel Neues, Interessantes, noch nicht Erforschtes und oft Unbekanntes. Sie steht jetzt vor der Berufswahl. Hat schon einen Führerschein mit 17 gemacht. Es ist ein kleiner Schritt ins Erwachsenenleben. Bald wird sie 18! Meine Enkelin wird selbst ein Auto fahren können. Sie ist schon fast erwachsen, aber auch noch in vielen Dingen abhängig von den Eltern. Nach dem Abitur will sie studieren. Sie hat schon einen Traum, wo es sein soll. Wir hoffen, dass ihre Träume in Erfüllung gehen werden. Natürlich muss man dafür viel tun und Hindernisse im Leben überwinden.

Das Leben ist ein ständiger Kampf: Die einen Sorgen gehen und da kommen schon die nächsten – wie aus einem Füllhorn… Der Mensch lebt und strebt immer nach etwas Neuem, nach dem was ihm noch fehlt, hat immer neue Wünsche. Aber man kann nicht alles haben. Deshalb muss man sich auch selbst beschränken. Immanuel Kant sagte: „Dass derjenige, der auf das Überflüssige verzichtet, auch auf Sorgen verzichtet?! Wer nichts hat, hat auch nichts zu verlieren. Oder: „Gibt man dem Menschen alles, was er sich wünscht, wird er trotzdem im selben Moment fühlen, dass ihm etwas fehlt!"

Geschenk von Väterchen Frost

Ein junger unverheirateter Bursche namens Erwin transportierte mit einem Laster Holz aus dem Wald. Zum Neujahr wollte er eine echte Tanne mit nach Hause bringen. Deswegen suchte er lange während seiner Arbeitsfahrt auf den stark mit Schnee bedeckten Berghängen nach der schönsten Tanne. In der damaligen Zeit war es nahezu unmöglich, einen Weihnachtsbaum zu kaufen. Sie waren viel zu teuer oder nirgendwo aufzutreiben, und sobald man selbst einen aus dem Wald abholzte, machte man sich strafbar. Deshalb musste man die Tanne auf der Ladefläche des Lasters mit Planen verdecken; erst danach wurde der übrige Platz voll mit Baumstämme beladen, sodass man die Tanne überhaupt nicht mehr bemerken konnte.

Am nächsten Tag war Erwin bereits zurückgekehrt, für eine gesamte Fahrt brauchte man knapp drei Tage. Das Beladen und Entladen wurde von Hand gemacht. Nach dem Abladen zog Erwin die Plane weg und bewunderte seine unglaublich schöne, dichte und nach Bergwald duftende Tanne den Christbaum. Man hätte die begeisterten Blicke der Sägewerkarbeiter sehen müssen! Einer von ihnen fiel mit einem besonders entzückten, aber ebenso traurigen, Blick auf.

„Das wäre ein tolles Sylvestergeschenk für deine Tochter, Stefan!", sagte voller Freude ein Kamerad von ihm.

„Leider ist diese nicht für mich", flüsterte Stefan traurig und bitterlich leise vor sich hin.

„Frag doch, vielleicht gibt er sie dir!"

„Als ob!"

„Frag schon!"

„Na, ich weiß nicht. Mir ist das unangenehm."

Erwin hatte dieses Gespräch mitbekommen und es regte sich etwas seiner Seele. Der arme Mann tat ihm leid. Entschlossen nahm er die Waldschönheit mit folgenden Worten in die Hand:

„Nimm sie, Stefan!"

Der hatte damit jedoch überhaupt nicht gerechnet und antwortete völlig überrumpelt und fassungslos: „Ich habe aber gar kein Geld."

„Nimm sie! Kostenlos!"

„Ach was, ich kann nicht…"

„Nimm sie dir einfach. Sag deiner Tochter, die Tanne sei ein Geschenk von Väterchen Frost. Darum ist sie eben kostenlos. Und für mich hole ich noch eine."

In Stefans schüchternen Augen konnte man so viel Freude und Dankbarkeit erkennen, die man niemals auch nur ansatzweise mit Geld hätte messen können Nach diesem kleinen Ereignis waren alle gut gelaunt. Erwin fuhr schließlich weg, vergaß das Ganze ziemlich schnell und erinnerte sich in Zukunft auch nicht mehr daran. Ein junger, freudiger Bursche hat schließlich ganz eigene Sorgen: Mädels kennenlernen, ferne Reisen, spannende Abenteuer und eine ungewisse Zukunft.

Die Zeit verflog - Erwin war längst verheiratet und hatte eine Familie mit zwei Söhnen. Der Jüngere malte leidenschaftlich und so entfaltete sich in ihm der Traum, eines Tages Kunstmaler zu werden. In der damaligen sowjetischen Zeit war es aber fast unmöglich, die dafür notwendigen Materialien, insbesondere Farben, zu finden. Erwin arbeitete als Busfahrer, er war also täglich in der ganzen Region unterwegs. Überall schaute er dabei nach

Farben. Wenn er Glück hatte, dann kaufte er die eine oder andere Farbe dazu.

Eines Tages unterhielten sich die Freunde darüber, wie es jedem in seiner Arbeit und im Leben so erginge. Während dieses Gesprächs begann Erwin auch über seine Probleme zu reden: „Da komme ich in die Hauptstadt Alma-Ata und während meiner 40minütigen Pausen laufe ich herum, um die Farben und die restlichen Materialien für meinen Sohn zu finden und zu kaufen, anstatt mich zu erholen!"

„Braucht man tatsächlich so viel, dass du dich ständig damit beschäftigst?", fragte ihn sein Arbeitskollege, ein anderer Busfahrer.

„Nicht nur viel, sondern noch viel mehr!", meinte Erwin zu ihm. „Besonders mit den Farben ist es schwierig. Diese kriegt man kaum wo."

„Merkwürdig, dass du immer nur über deinen jüngeren Sohn Paul erzählst. Was ist mit dem Älteren mit Andreas?"

„Den Andreas vergesse ich natürlich nicht, der braucht aber nichts weiter als Bücher für sein Studium. Außerdem habe ich als Kind auch gerne gemalt und diese ganzen Probleme gehen mir somit sehr nahe. Der starke Mangel an den Farben lässt mir einfach keine Ruhe."

Dieses Gespräch hörte ein Passant und sagte zu Erwin:

„Onkel Erwin, mache dir keine Sorgen. Ich bringe dir die Farben morgen vorbei!"

Und tatsächlich brachte er gleich am nächsten Tag eine ganze Schachtel voller Farben – extra gefertigt für Kunstmaler.

„Wow!", staunte Erwin. „Du bist ja ein Zauberer. Woher hast du denn diesen Reichtum?

„Habe sie ganz zufällig irgendwann mal gekauft, aber selbst brauche ich die Farben nicht wirklich."

„Was bin ich dir dafür schuldig?"

„Gar nichts."

„Wie, nichts?"

„Für dich Onkel Erwin, ist es ein Geschenk."

„Was für ein Geschenk? Diese Farben sind doch unbezahlbar!"

„Meine Frau hat mir mit großer Begeisterung davon erzählt, wie du ihr, als sie noch ein Kind gewesen war, zu Weihnachten einen Christbaum geschenkt hattest."

„Es scheint, es wäre doch nur eine Kleinigkeit gewesen, aber sie hat dies ihr ganzes Leben lang nicht vergessen und hat immer wieder davon erzählt. Und jetzt bekommst du ein Geschenk von unserer Familie für deinen Sohn."

„Was für ein Christbaum? Wann?"

„Du hast vor vielen Jahren mal als junger, unverheirateter Kerl von irgendwo eine Tanne herbeigebracht und hast sie dem Vater meiner Frau geschenkt. Von Zeit zu Zeit hat er dich seiner Tochter mit folgenden Worten vorgestellt: *Schau und erinnere dich, das ist Väterchen Frost.* Und so bist du eben bis heute in unserer Familie der Väterchen Frost geblieben."

„So ein Wunder, seitdem ist ja beinahe ein halbes Jahrhundert vergangen, ich kann mich nur schwer daran erinnern."

„Das wichtigste ist, dass wir uns noch erinnern. Wer Gutes tut, bekommt Gutes zurück. Es kann sein, dass dein Paul dank diesen Farben zu einem echten Künstler heranwächst."

Als Erwin die Farben mit nach Hause gebracht hatte, frage sein Sohn ihn ganz aufgeregt:

„Papa, woher? Wo konntest du das nur entbehren?"

„Ich habe es geschenkt bekommen."

„Papa, du machst schon wieder Witze."

„Nein, ich scherze nicht. Ich konnte es ja selbst kaum glauben, aber das ist tatsächlich wahr."

So erzählte er von dem bereits vergessenen Ereignis aus seinen jungen Jahren und las anschließend noch ein Gedicht vor:

Der Eine versteht nicht, wonach die Rosen riechen,

Der Andere bereitet aus wilden Gräsern Honig.

Jemandem gibst du eine Kleinigkeit, und er wird sich für immer daran erinnern.

Jemandem gibst du dein Leben, und er wird es nicht bemerken.

(Omar Khayyam)

„Es ist nicht möglich, dies besser auszudrücken. Deswegen überleben die Aussagen bekannter Philosophen viele Jahrhunderte. Einiges kannst du mit Geld kaufen, nur keine Freunde und kein reines Gewissen. Merke dir das gut und bemühe dich, den Menschen Gutes zu tun, das ist die Mühe wert."

(aus dem Russischen von Stephanie Lauer)

Ein besonderer Langlebiger

Spätherbst. Den zweiten Tag tropfte ein langweiliger, trister Nieselregen. Doch langsam wurde der Himmel heller und am Nachmittag hörte es auf zu regnen. Die Sonne kam heraus, so hell, so froh, und begann die feuchte Erde zu wärmen. Die Regenwolken zogen sich zurück, als ob sie sich verstecken wollten und abwarten. Es kam ein leichter Wind auf, der langsam stärker wurde. Und wieder krochen Regenwolken über den Himmel, die immer mehr den blauen grenzenlosen Horizont und die Sonne verdeckten. Plötzlich schüttete es von oben wie aus Eimern. Es gibt nichts Beständiges auf der Erde und das Wetter kann man auch nicht bestellen.

Bei solchem Regen bleibt man lieber zu Hause, schaut aus dem Fenster und versinkt in Erinnerungen. Ich bin ja ein Rentner, muss nirgendwo hin eilen, geschweige denn freiwillig im Regen spazieren gehen.

Ich dachte über meine Arbeit im Schloss nach, wo ich mit so vielen verschiedenen Menschen zu tun hatte. Unter ihnen war auch ein alter Mann um die 85, der Opa, so nannte ich diesen Mann damals. Er war ein Ein- heimischer, ein echter Bayer. So alt wird auch nicht jeder. Er hatte sein Leben lang als Bauingenieur gearbeitet. Und als Rentner, von Unruhe getrieben, konnte er nicht einfach zu Hause herumsitzen. Der ehrwürdige Greis war auch bereit, kostenlos zugunsten der Kirche zu arbeiten.

Er war mittelgroß, flink, ziemlich schlank mit einem angenehmen Lächeln auf dem gütigen, von der Sonne gebräunten Gesicht. Er hatte einen sehr munteren Gang für seine Jahre…

Als er das erste Mal ins Schloss kam, sagte er gleich ganz ruhig: „Keine Sorge, ich kann und werde beliebige Arbeit verrichten."

Und das tat er auch. Mit sichtlichem Vergnügen und ganz ruhig rechte er das gemähte Gras zusammen, beschnitt das Gebüsch, kehrte die Wege im Park, goss die Blumen auf den Beeten. Mit einem Wort: Erwies sich als ein sehr tüchtiger Arbeiter. Einmal sagte ich, dass in den Blumenbeeten das Unkraut gejätet werden müsse und war erstaunt, als er kurz danach zu mir kam und meinte, dass ihm diese Frauenarbeit keinen Spaß macht.

„Was möchtest du denn tun?" fragte ich.

„Männerarbeit."

„Was ist mit Holz hacken?"

„Sehr gerne."

Ich ließ ihn gewähren. Er hackte das Holz ohne Hast, stapelte es auch sehr sorgfältig. Ich staunte, wie viel Energie er in seinem Alter noch hatte und wie gerne er solche einfachen Arbeiten verrichtete. Ein anderes Mal als er ihm Garten die Wege kehrte, fragte er mich nach einem Vorschlaghammer.

„Wozu brauchst du ihn?" fragte ich

„Ich will einen Betonring zerschlagen."

„Solche schwere Arbeit können andere verrichten."

Er ging weiter seiner Arbeit nach, aber eine Stunde später kam er wieder auf mich zu und sagte: „Mach dir keine Sorgen, lass es mich probieren, es wird mir schon nichts passieren."

Nun ja, was blieb mir übrig. Ich zuckte mit den Schultern und gab ihm den Vorschlaghammer.

Er zertrümmerte den ziemlich großen Betonring und kehrte die Brocken zu einem Haufen zusammen. So einen besonderen Alten, den konnte man nur bewundern. Nicht umsonst war seine Frau zweiundzwanzig Jahre jünger als er. Der Mann erzählte mir, dass er oft in die Berge spazieren geht und verschiedene Heilpflanzen sammelt oder Pilze und Beeren.

Manchmal geht er auch einfach so spazieren, um die Natur zu genießen. Er fand immer neue Beschäftigungen für seinen Körper und Geist. Er könnte ein Vorbild für manche sein, die nichts mit sich anzufangen wissen.

Irgendwann sagte er: „Viele Rentner langweilen sich, wissen nicht wohin mit der ganzen freigewordenen Zeit. Vom Nichtstun altert man schneller, als von guter Arbeit. Man sollte sich nur nicht übernehmen."

Den Vater gefunden

Kurz vor dem Krieg lebte in einem der Dörfer der Autonomen Wolgarepublik eine junge Familie Schmid. Aus unbekannten Gründen wurde der Vater zu zehn Jahren Gefängnis verurteilt. In den Zeiten des Stalinterrors sagte man: „Hauptsache ein Mensch ist da, ein Urteil findet sich immer." Lange wusste keiner, wo er sich befand und was mit ihm geschehen war.

Am 22. Juni 1941 begann der Große Vaterländische Krieg zwischen Deutschland und Russland. Und schon am 1. September wurden alle deutschen Dorfbewohner innerhalb von 24 Stunden in die sibirischen Weiten der Sowjetunion vertrieben.

Katharina Schmid verschlug es mit ihren zwei kleinen Kindern in ein kleines abgelegenes russisches Dorf in der Altai-Region. Sie hatten früher unter Russlanddeutschen gelebt und konnten kaum Russisch.

In den unmenschlich schwierigen Kriegsjahren hatte das allgemeine Unglück die Menschen gezwungen näher zusammen zu rücken. Trotz Hunger und Kälte wuchsen die Kinder heran und wurden früher erwachsen.

Bei vielen Russen waren Familienangehörige, Väter, Söhne oder ältere Brüder an der Front gefallen. Russische Kinder sprachen über sie mit Stolz und Trauer. Die deutschen Männer kamen nicht an die Front, um die Heimat zu verteidigen, sondern in die Arbeitslager hinterm Stacheldraht wie in den Konzentrationslagern, nur unter einer anderen Bezeichnung.

Leider wusste Sascha Schmid nichts über seinen verschollenen Vater. Nach dem Krieg versuchten er und seine Mutter etwas über den verlorenen Vater zu erfahren, aber es gelang ihnen nicht. Ihr Vater, Familienoberhaupt einer Familie mit Frau und zwei Kindern, war weder in den Listen der Verstorbenen noch unter den Lebenden zu finden, als ob es ihn nie gegeben hätte.

Die Zeit kennt kein Erbarmen und fließt immer weiter. Mit 22 Jahren heiratete Sascha ein sehr schönes siebzehnjähriges russisches Mädchen. Er brachte sie zu seiner Mutter ins Haus, die einen starken deutschen Akzent im russischsten sprach. Sie verstand sich aber mit ihrer Schwiegertochter Mascha sehr gut und sie lebten friedlich miteinander. Als die Kommandantur aufgehoben wurde, hatten die Russlanddeutschen das Recht, ihre Verbannungsorte zu verlassen, aber durften nicht zurück in ihre deutschen Dörfer.

Im Jahr 1959 zog die Familie Schmid vom Altai nach Südkasachstan um, wie man damals sagte, in die ersehnte warme Gegend, nach Issyk. Mascha arbeitete als Buchhalterin, Sascha hatte zu der Zeit schon einige Berufe gewechselt. In der Familie wuchsen zwei Töchter heran.

Der arbeitsame Vater fuhr im Sommer in die Kolyma Gegend, wo er bei der Goldförderung auf einem Bulldozer und als LKW-Fahrer arbeitete.

Über die Kolyma sagt man, dass es dort zehn Monate Winter gibt und der Rest ist Sommer. Es ist eine unwirtliche, kalte Gegend.

Näher zum Ende der Sommersaison begannen Schneestürme und es wurde bitter kalt. Ein starker Wind wühlte große Schneemassen auf und bedeckte alles mit Schneedünen. Die Sicht auf der Straße wurde immer schlechter. Die Straßen waren ohnehin schlecht und verschwanden langsam unter einer dicken Schneedecke.

Bei einer seiner Fahrten hatte er Angst irgendwo unterwegs stecken zu bleiben. Ein Schneesturm konnte manchmal einige Tage dauern und der Sprit neigte sich schon dem Ende zu. Mittlerweile war es dunkel geworden. Alexander atmete erleichtert auf, als er eine kleine Tankstelle nicht weit von der Straße entdeckte. Als erstes tankte er voll und beruhigte sich. Dann fiel ihm der unverkennbare deutsche Akzent des etwas älteren Tankwarts auf.

Bei den weit voneinander entfernten Tankstellen gab es einen Raum zum Übernachten für die Autofahrer. Der praktisch veranlagte Sascha hatte immer ein Schweißgerät, Filzstiefel, einen Pelz und natürlich auch ein paar Wodkaflaschen und etwas zum Essen dabei. Auf den schwierigen sibirischen Straßen gab es eigene ungeschriebene Gesetze.

Im warmen Erholungsraum, hinter dessen Fenster das Jaulen des Windes und sein Schneetreiben immer lauter wurden, öffneten Alexander und der Tankwart eine Flasche und, obwohl früher nicht bekannt gewesen, fanden sie schnell eine gemeinsame Sprache und gegenseitige Empathie.

„Sag, mal, woher hast du diesen Akzent? Meine Mutter spricht genauso", fragte Alexander den alten Mann.

„Ich lebte vor dem Krieg an der Wolga", antwortete der Alte. „Ich habe so nicht gelernt, ganz richtig Russisch zu sprechen und die deutsche Sprache habe ich fast vergessen."

Der Schneesturm tobte draußen weiter und ihre ruhige angenehme Unterhaltung lief wie ein Frühlingsbach immer weiter.

„Ich hatte ein Frau, die ich sehr liebte, und zwei Kinder. Ich habe sie nach dem Krieg gesucht, Anträge immer wieder gestellt, aber sie nicht gefunden."

Leider wurde ihr Gespräch von einer lauten Männergruppe unterbrochen, die in diesem Raum auch Schutz vor dem Schneesturm suchte. Gegen Morgen legte sich der Wind und es hörte auf zu schneien. Alexander musste sich beeilen, um bei ruhigem Wetter weiter zu kommen.

Zwei Wochen später hielt er wieder bei derselben Tankstelle an. In der letzten Zeit hatte er oft über seinen Gesprächspartner nachgedacht. Vielleicht lebte auch sein Vater irgendwo in diesen unermesslichen Weiten des Landes. Sein ganzes Leben hatte er seinen Vater vermisst, seine Fürsorge und schützende Hand. In seiner Seele hatte sich eine Trauer um den verlorenen Vater eingenistet und er hatte eine angenehme Sehnsucht nach dem alten Tankwart seit dem vorigen Treffen. Dank dieses glücklichen Zufalls trafen sie sich wieder wie alte Bekannte. Dafür hatte Sascha einen ziemlich großen Umweg von achtzig Kilometer gemacht.

„Sag mal, Onkel, wie bist du hier in dieser kalten Gegend gelandet?" fragte er beim neuen Treffen.

„Es passierte gegen meinen Willen. Noch vor dem Krieg. Ich weiß nicht, wofür ich im Gefängnis saß, aber als ich dann wieder heraus kam, wusste ich nicht, wohin ich gehen sollte. Die Wolgarepublik war aufgelöst, und dort hatte ich keine Bekannten und Verwandten mehr. Meine Suche nach meiner geliebten Frau und den Kindern war leider erfolglos geblieben. Ich wohne hier schon so lange in dieser Gegend, dass man mich als einen Alteingesessenen sieht. Ich lernte eine arme Russin kennen, die genauso ein Schicksal hatte wie ich, auch gerade aus dem Gefängnis entlassen. Wir taten uns zusammen. Zu zweit war es doch leichter, zu überleben und nicht so einsam. Wir haben eine gemeinsame 15-jährige Tochter. Schon fast erwachsen."

Sascha erzählte ihm auch über sein Leben ohne Vater. Dann schwiegen sie beide kurz, jeder hing seinen Gedanken nach. Doch spürten beide sich gegenseitig zueinander hingezogen, denn so ein helles Licht loderte in ihren Seelen…

Dann fragte der Alte: „Wie ist dein Nachname?"

„Schmid", antwortete Alexander.

„Und wie heißt deine Mutter?" fragte sein Gesprächs-partner ihn ganz leise und mit einer – wie es ihm vorkam - so verwandten Stimme …

„Katharina", Saschas Stimme zitterte ein wenig.

Sie schwiegen wieder eine Weile. Dann schaute der Alte direkt in Alexanders Augen und sagte: „Sascha, du bist jetzt 36 Jahre alt und am 20 Dezember wirst du 37. Und deine Schwester Nina ist am 15. März 39 Jahre alt geworden."

Beide wurden ganz blass und ihnen verschlug es für einen Moment die Sprache.

Der alte Mann sagte leise mit zitternder Stimme: „ Also musst du mein leiblicher Sohn sein…" Aus seinen Augen kullerten langsam ein paar vor Freude verwirrte Tränen.

Ungläubig schauten sie sich gegenseitig an und weinten schweigend. Dann kamen sie zu sich und um-armten sich. In dieser festen Umarmung vereinten sich schweigend zwei verwandte Seelen.

Der Sohn war erst fünf Monate alt gewesen als sein Vater verschollen war. Wie vom Erdboden verschluckt. Wahrscheinlich hatte der Himmel sich erbarmt und den zwei Männern dieses lang ersehnte Treffen ermöglicht.

Sie unterhielten sich die ganze Nacht und konnten sich nicht satt reden. Wie leid es auch Sacscha tat, aber er musste weiter zu seiner Brigade eilen. In zwei Tagen musste die Arbeit getan sein. Er hatte auch schon ein Flugticket, um nach Hause zu fliegen. Sie tauschten die Adressen aus, verabschiedeten sich mit Bedauern und Tränen in den Augen. Ein ganzes Jahr dauerte der Briefwechsel bis der verlorene Vater zu Besuch kam. Und acht Monate später zog er zu seiner Familie um. Die alte Liebe hatte gesiegt. Die erste Liebe vergisst man nicht, und hier vereinten sich zwei Liebende wieder.

Die Eltern mieteten in der Nähe ihrer Kinder und Enkelkinder eine Wohnung. Von der zweiten Frau auf der Kolyma und ihrer gemeinsamen Tochter trennte sich der Vater friedlich, aber er half ihr weiterhin, wo er nur konnte. Im warmen Kasachstan hatte er seine deutschen Kinder und Enkelkinder und eine russische Schwiegertochter.

Die Eltern lebten in Liebe, Frieden und Eintracht mit ihnen. Sie starben einer nach dem anderen mit dem Abstand von nur vier Monaten und wurden in einem gemeinsamen Grab beerdigt.

(aus dem Russischen von Stephanie Lauer)

Wie man uns demütigte und erniedrigte

Der Großvater las seiner Enkelin seine Erzählung darüber vor, wie man die Russlanddeutschen auch nach dem zweiten Weltkrieg demütigte und erniedrigte. Die Enkelin fragte interessiert:

„Opa, wie konnte man das machen?"

„Es ist unmöglich, es kurz zu erklären. Alle unsere Rückschläge und Freuden im Leben haben auch Auswirkungen auf unsere Kinder, die auf eigene Art das Erlebte von Großeltern und Eltern verarbeiten. Nach dem Ende des grausamen Krieges gab es in vielen Orten in Sibirien und Kasachstan sogenannte Sondersiedler, so hießen die am Anfang des Krieges verbannten Russlanddeutschen. Sie waren ja nicht freiwillig dahin gekommen. Sie beherrschten die russische Sprache nicht so gut und fielen bei den Einheimischen sofort auf.

In jeder russischen Familie gab es schwer Verwundete oder Tote zu beklagen, die im Kampf mit den deutschen Okkupanten gefallen waren. Und plötzlich tauchten in ihrer Nachbarschaft irgendwelche Deutsche auf, die der russischen Sprache nicht mächtig waren. Diesen unschuldigen Deutschen begegneten die Einheimischen vor Ort meistens misstrauisch. Immer wieder wurden sie gehänselt, beleidigt und gedemütigt. Die Kinder lernten schneller Russisch sprechen als die Erwachsenen. Als ich zur Schule ging, sprach ich schon sehr gut, aber für meine älteren Schwestern war es schwieriger. Ich lernte in der Grundschule gut, war einer der Besten, ich wurde sogar in den Pionierrat der Schule gewählt und durfte in das Gebietspionierhaus fahren, was nur die besten Schüler durften.

Als ich dann in die Mittelschule kam, arbeitete dort als Direktorin Soja Vasiljewna, die ihren Vater und Ehemann während des Krieges verloren hatte. Es war eine tiefe seelische Wunde, die nur sehr langsam heilte. Die Direktorin, gelinde gesagt, mochte die deutschen Schüler nicht, was mir negativ auffiel. Auf einmal wurden meine Noten immer schlechter, obwohl ich mir sehr viel Mühe gab. Die Direktorin war sehr streng, setzte die Noten mit Absicht herunter und jede Kleinigkeit im Benehmen war in ihren Augen ein Verbrechen. Diese Kleinigkeiten taten aber sehr weh. Damals gab es in der Schule verschiedene kostenlose Kinderzirkel, aber ich durfte nicht auf der Ziehharmonika spielen lernen, obwohl ich ein sehr gutes musikalisches Gehör hatte. Man sagte, ich hätte zu dicke und zu kurze Finger. Meine Mitschüler wunderten sich, begannen ihre Finger auszumessen. Es stellte sich heraus, dass meine Finger sogar länger waren als bei einigen, die in den Musikzirkel aufgenommen waren. Alle verstanden, wieso mir abgesagt wurde, und lachten. Ich war unter den Altersgleichen einer der besten Skiläufer, aber unsere Schule zu vertreten im Stadtwettbewerb der Schüler durfte ich nicht. Es war ein ungeschriebenes Gesetz, dass die Deutschen nirgendwo offiziell unter den Besten sein durften. Es gab weder in Zeitungen, noch auf den Ehren-tafeln deutsche Namen. Einmal musste ich zur Schul-direktorin, weil ich in der Pause zu schnell herumgelaufen war. Ich war entsetzt, als sie mich böse anschrie: „Wenn dir unser Land nicht gefällt, dann fahr doch in dein Deutschland!" Diese grob ausgesprochenen Worte vergesse ich nie im Leben.

Mit den Jahren glätteten sich etwas die Wogen und man wurde nicht mehr direkt angefeindet. Aber die

Deutschen in Russland durften nicht alle Fächer studieren, die sie sich wünschten. So, zum Beispiel, war mein Sohn sehr sportlich und einer der besten Schüler. Er bewarb sich bei einer Offiziersschule. Er bekam seine Papiere ohne jede Begründung zurück. Meine Schwester Anja arbeitete in Alma Ata im Flughafen als Putzfrau, durfte aber auch nicht in alle Flugzeuge hinein zum Reinigen.

In Deutschland lebend habe ich mich oft auf verschiedenen Festen mit unseren Landsleuten getroffen. Mein bester Freund Viktor, ein Russe, kam mit seiner deutschen Frau nach Deutschland. Als die Ehe geschieden wurde hatte er schon die deutsche Staatsangehörigkeit und heiratete eine russische Frau, eine Lehrerin aus Russland. Man hatte ihr Diplom nicht anerkannt, und sie arbeitete als Putzfrau, war aber zufrieden mit ihrem Leben in Deutschland. Wir feierten oft zusammen unsere Feste. Einmal drehte das Gespräch sich wieder um das Leben in der ehemaligen Sowjetunion, und ich sagte, dass ich doch noch immer auf die Wiederherstellung der Deutschen Autonomen Republik an der Wolga hoffe. Wenn es passiert, würde ich gerne zurück in die russischen Weiten umsiedeln. Zu meiner Verwunderung sagte Valentina, Viktors Frau: „ Es kann nicht sein. Die Deutschen werden sich nie von diesem schändlichen Krieg reinwaschen können."

Ich versuchte, sie zu überzeugen, dass die in Russland geborenen Deutschen nichts mit dem schrecklichen Krieg zu tun hatten, aber es gelang mir nicht. Alle meine Argumente waren umsonst. Nach so vielen Jahrzehnten ist bei einigen nicht nur Misstrauen, sondern auch Hass zu den Russlanddeutschen geblieben. Dabei war Valentina doch freiwillig nach Deutschland gekommen und war zufrieden mit dem, wie es ihr erging. Aber

Deutsche mochte sie trotzdem nicht. Nach diesem Gespräch war unsere Freundschaft zu Ende.

Schon im fortgeschrittenen Alter habe ich einige Male mit ehemaligen russischen Frontsoldaten gesprochen, die alle Scheußlichkeiten und Schrecken des Krieges selbst erlebt hatten. Auch in Deutschland habe ich mit deutschen Kriegsveteranen gesprochen, die an blutigen Schlachten teilgenommen haben. Vielleicht ist das Verwunderlichste, dass die russischen Soldaten keinen Hass auf die Deutschen hatten und umgekehrt war es bei den deutschen Soldaten auch so.

In den vielen Jahren in Deutschland hatte ich viele deutsche Kollegen und habe nie Hass zu spüren bekommen. Ich beobachte mit Genugtuung wie arbeitsam, gesetzestreu und freundlich sie sind. Sie haben ihr am Ende des Krieges zerstörtes Land aus Trümmern wiederaufgebaut, standen so lange am moralischen Pranger, aber sind wieder eine der reichsten Länder der Welt geworden.

Die zwei Jahrhunderte, die meine Vorfahren in Russland verbrachten und meine 55 Jahre in der Sowjetunion sind ebenfalls nicht umsonst gewesen und nicht spurlos vergangen. Dort sind meine Kinder geboren und aufgewachsen, aber die Enkelkinder sind schon in Deutschland geboren. Ich habe Respekt vor den Völkern der ehemaligen UdSSR. In den russischen Weiten sind die Gräber meiner Vorfahren geblieben. Egal wie lange wir dort gelebt haben, wir sind immer Deutsche geblieben. Wir kamen in unsere historische Heimat mit fast verlorenem Deutsch und wurden hier als Russen abgestempelt. Aber ich bin mir sicher: Ich bin kein Deutscher, kein Russe, ein Russlanddeutscher! Bin stolz darauf, dass ich ein Teil dieses Volkes bin.

Wo ist meine Heimat?

Ich schlief wahrscheinlich ziemlich fest. Erst im Schlaf, dann schon nach dem Aufwachen verfolgten mich Gedanken über meine Heimat. Der Schlaf wollte nicht zurückkehren. Ich stand auf, ging ein paar Mal durchs Zimmer. Dann setzte ich mich an den Schreibtisch vor dem Fenster. Es herrschte finstere Nacht. Die Nachtfalter, angelockt vom Licht, scheiterten an der anderen Seite der Fensterscheibe.

Ich erinnerte mich plötzlich an das Lied: „Hier ist meine Heimat, hier bin ich zu Hause..."

Ich überlegte: Wo ist eigentlich meine Heimat? Dort, wo ich geboren und die meiste Zeit meines Lebens verlebt habe, oder hier, in Deutschland, meiner historischen Heimat, wo ich mich jetzt befinde?

Dort, wo ein Mensch geboren ist, wo er laufen und sprechen gelernt hat, zur Schule ging... Dort war der erste Kuss, die erste Liebe. Seine Familie wurde gegründet... In dem Land, früher Zarenland, wo meine Vorfahren beerdigt sind, dort ist die echte Heimat, sagen weise Alte...

Sehr lange her, im Jahr 1803, kam Martin Lauer aus dem baden-württembergischen Tübingen ins Dorf Liebental des Gouvernements Chersones. 1891 zog er mit seinen fünf Söhnen und zwei Töchtern aus der Kolonie Landau ins Gebiet Orenburg. Dort im Südural kaufte er bei einem Kosaken Namens Kogan ein Stück Land und gründete mit seiner Familie das Einzelgehöft Pustosch-Adamovka.

In diesem Dorf wurde ich später geboren, lernte laufen und meine Muttersprache Deutsch zu sprechen. Im Jahr

1946, als ich fünf Jahre alt war, siedelte meine Mutter mit meinen drei Schwestern und mir zum Verbannungsgebiet meines Vaters um. So kamen wir aus einem deutschen Dorf in die Stadt Korkino im Gebiet Tscheljabinsk.

Alle ringsum sprachen Russisch und wir verstanden kaum etwas. Es wurde lebenswichtig diese Sprache zu lernen. Bis zur Einschulung konnte ich schon ganz gut Russisch sprechen. Wir, besonders meine älteren Schwestern, mussten als Deutsche in der Nachkriegszeit sehr viele Erniedrigungen einstecken. Im Süd-Ural beendete ich die Schule und bekam eine Fachausbildung. Dort im fernen Ural begegnete ich meiner ersten Liebe und dem ersten Kuss.

War das vielleicht meine Heimat?

Nach der Aufhebung der Kommandantur wechselten wir unseren Wohnort. Im kasachischen Issyk habe ich den wesentlichen Teil meines reiferen Lebens, insgesamt 36 Jahre, gelebt. Hier heiratete ich, gründete eine Familie. Wir haben zusammen mit meiner Frau zwei wunderbare Söhne großgezogen. Mit eigenen Händen haben wir neben der Arbeit ein Eigenheim gebaut.

Der älteste Sohn Andreas ist ein Ingenieur-Mechaniker geworden. Der jüngste Sohn, Paul, wurde Maler. Er kann von seiner Kunst leben, ist verheiratet.

Vielleicht ist meine Heimat dort, wo die Heimat meiner Kinder ist?

Die Zeiten der Sowjetunion, eines großen Landes, sind Vergangenheit geworden. Plötzlich wachten wir nicht in einer der 15 SU-Republiken, sondern im souveränen Staat Kasachstan auf. Es gab immer mehr Arbeitslosigkeit, Korruption, Banditentum...

In diesem jetzt fernen Land sind meine Eltern beerdigt...

Mit jedem Jahr wanderten immer mehr Deutsche von dort nach Deutschland, ins Land ihrer Ahnen. Auch ich mit meiner Familie wechselte meinen Wohnort. Viele russlanddeutsche Aussiedler, die nach Deutschland kamen, beherrschten die deutsche Sprache nicht gut genug und begannen sie fleißig zu lernen. Es war nicht unsere Schuld, dass unsere Muttersprache so lange verboten war...

Ich fand hier trotzdem mit 55 Jahren noch einen anständigen Beruf für mich und auch einen für meine Frau. Beide Söhne arbeiten in erlernten Berufen. Hier, im Land meiner Ahnen, sind meine Enkelkinder geboren. Es bleibt zu hoffen, dass Deutschland für uns alle ein echtes Vaterland sein wird.

Stolz auf sein Volk

Eduard schaute vor sich hin durch das Fenster seines Busses in die nasskalte herbstliche Dunkelheit und Kälte... Der Südkasachstan, das Vorgebirge der Tjenschan Bergen, wo es viele Orte gab, in denen Einwohner verschiedener Nationalitäten lebten. Bis zur chinesischen Grenze – nur dreihundert Kilometer.

Gut, dass es seine letzte Reise an diesem Tag war. Der Bus war leer, an der Haltestelle kein einziger Fahrgast. Als er schon ansetzte, um loszufahren, kam eine junge, sehr schlanke und schöne Kasachin, wahrscheinlich eine Studentin, angelaufen. Sie stieg ein, schaute sich um. Sie war allein. Allein zu fahren war ihr nicht angenehm, aber es musste sein. Sie sah Eduard, den Busfahrer, prüfend an. Schätzungsweise war er ein Mann um die fünfzig Jahre, groß gewachsen, stark, mit einem gütigen Lächeln.

Er sah im Spiegel, dass die Schöne ganz nach hinten durchgegangen war und sich in eine kalte Ecke setzte. Er schüttelte mit dem Kopf und schlug ihr vor, sich näher nach vorne zu setzten, wo es auch etwas wärmer war.

„Ich werde schon nicht erfrieren", antwortete sie.

„Hab' keine Angst, wenn jemand mit bösen Absichten einsteigt und dich belästigen will, so ist der hintere Sitz keine Rettung, sondern das Gegenteil. Näher zu mir ist es wärmer und sicherer."

Die junge Kasachin nahm etwas schüchtern in der Mitte des Busses einen Platz ein. Eduard fuhr los, weil es laut Plan an der Zeit war, wenn es auch keine Fahrgäste mehr gab. In der nächsten Siedlung stiegen drei angetrunkene junge Kerle ein. Als sie die schöne Kasachin entdeckten, machten sie ihr gegenüber freche Bemerkungen. Die junge Frau stand auf und setzte sich schnell näher zum Busfahrer um. Er sagte ihnen, die junge Frau sei seine Nachbarin und stehe unter seinem Schutz. Sie beruhigten sich sofort. Bis zur Stadt gab es kaum noch neue Fahrgäste und Eduard unterhielt sich mit der jungen Frau. Sie erzählte ihm, dass sie gerade begonnen hatte, fürs Lehramt zu studieren und die Eltern am Wochenende besucht hatte. Kurz vor dem Aussteigen fragte sie den Busfahrer:

„Sie sind wahrscheinlich ein Deutscher?"

„Wie kommst du darauf?"

„Durch ihr Benehmen."

„Normales Benehmen", antwortete er.

„Die Deutschen unterscheiden sich durch Korrektheit und gute Manieren."

„Danke, ich bin tatsächlich ein Deutscher."

So weit, so gut. Es war ja nichts Besonderes von ihr gesagt worden, aber ihr Respekt vor den Deutschen wärmte angenehm die Seele. Im Vielvölkerstaat Kasachstan war die Meinung verbreitet, dass die Deutschen gute Profis sind, arbeitsam, rechtstreu, mit hohem kulturelln Niveau. Eduard hatte eine russische Frau, aber auch sie konnte sogar bei der Wäsche auf der Leine leicht erkennen, wo eine deutsche Familie wohnte.

Die Ausreise der Deutschen nach Deutschland ließ keinen gleichgültig. Man spürte immer mehr, dass an die Stelle ausgezeichneter deutscher Spezialisten, mit ihrer Sauberkeit und hohem professionellen Niveau in verschiedenen Wirtschaftsbereichen immer mehr schlecht ausgebildete unerfahrene Arbeiter kamen. Überall hörte man, dass ohne die Deutschen alles schlechter geworden ist.

Schwierige Umstände

In einem Hotel, das den Spätaussiedlern als Übergangswohnheim diente, wurde eine neue Familie einquartiert. In dem einzigen Zimmer wohnten: Mutter Klawa, Vater Viktor, ihr siebzehnjähriger Sohn Alexandr, der in Deutschland zu Alex umbenannt wurde, sowie die siebenjährige Tochter Lena.

Viktor und Klawa hatten einen Sprachkurs im Goethe-Institut absolviert. Sie fanden danach eine Mietwohnung. Der Vater, von Beruf Chirurg war hier von der Sozialhilfe abhängig. Jedoch Klawa fand eine Arbeit, die sie einer älteren Dame zu verdanken hatte, mit der sie sich angefreundet hatte.

Lange quälte sich Viktor, maulte über die Arbeitslosigkeit, bis er den Hausmeister Artur, einen Aussiedler aus Kasachstan kennen lernte, der in der einzigen Mietwohnung im kleineren Schlösschen lebte und arbeitete. Es gehörte der evangelischen Kirche und enthielt ein Zentrum für Meditation. Nebenan befand sich ein dreistöckiges Jagdhäuschen. In früheren Zeiten versammelten sich hier reiche Leute zur jährlichen Jagd.

Später wurde daraus ein Gasthaus. Im Schloss gab es eine einzige Mietwohnung, in welcher der Hausmeister Artur wohnte, außerdem einige Gästezimmer. Aber hauptsächlich wurden die großen Säle und Zimmer für verschiedene Veranstaltungen genutzt.

Hinter dem Schloss erstreckte sich ein großer Park. Der Hausmeister hatte sehr viel zu tun, deshalb schickte man ihm arbeitslose Sozialhilfeempfänger aus den Reihen der Aussiedler, ihm zu helfen. Sie waren verpflichtet, vier Stunden täglich zu arbeiten und bekamen pro Stunde ein Euro Zulage zu ihrer Sozialhilfe. Manchmal kamen auch freiwillige Helfer zum Schloss, die zehn Euro pro Stunde erhielten.

Viktor arbeitete fast ein ganzes Jahr als Arturs Helfer, bis er sein Ärztediplom anerkannt bekam. Mit viel Mühe fand er danach eine Arbeit in einer Klinik, die 320 Kilometer von seinem Wohnort entfernt war. So konnte er nicht jedes Wochenende nach Hause kommen. Nur an den Feiertagen für einige Zeit.

Sein Sohn Alex besuchte mittlerweile mit einigem Erfolg ein Gymnasium. Doch während der Schulferien quälte ihn die Langeweile. Er blieb weiterhin mit gleichaltrigen jungen Aussiedlern aus dem Übergangswohnheim befreundet.

Die Mutter war ständig auf der Arbeit und der Vater war weit weg von Daheim und der Familie. Die Mutter fuhr mit dem Fahrrad zur Arbeit. Sie kam nur ganz kurz in der Mittagspause nach Hause, um für die Kinder etwas warm zu machen und selbst schnell zu essen. Dann musste sie schon wieder zurückradeln. Leider merkte sie sehr bald, dass ihr Sohn angefangen hatte, zu rauchen.

„Alex, du riechst nach Tabak!"

„Es kommt dir nur so vor."

„Nein, das stimmt nicht. Es riecht schon im ganzen Haus!"

„Na und? Papa raucht doch auch."

„Für dich mein lieber Alex, ist es noch zu früh, mit dem Rauchen anzufangen!"

„Ich bin doch schon siebzehn!"

„Na und!"

„Alle rauchen..."

Es half nichts, der Sohn war schon groß geworden. Er war sogar höher gewachsen als der Vater... Schweren Herzens versuchte sie sich zu beruhigen, aber ihre Seele schmerzte. Sie machte sich Sorgen. Sie hatte Angst, dass er auch noch Drogen ausprobiert. Nicht umsonst patrouillierte die Polizei ums Aussiedlerheim. Die Jugendlichen hingen draußen vor den Häusern herum, wussten nichts mit sich und ihrer Freizeit anzufangen. Viele der Neuankömmlinge hatten Probleme mit der deutschen Sprache. Alles um sie herum war fremd und unbegreiflich. Für einen Erfolg in der Schule brauchte man viel Geduld und die Lust aufs Lernen. Schon den Erwachsenen fiel es schwer, eine passende Arbeit zu finden, und für die Jugendlichen ohne Abschluss war es noch schwerer. Einige gaben sich selbst auf und verwandelten sich in Trinker oder wurden drogensüchtig.

„Alex, halt dich wenigstens von den Drogenabhängigen fern!"

„Ach, Mam, lass mich doch in Ruhe, ich bin kein kleines Kind mehr..."

Es stimmte, der Sohn war erwachsen geworden. Man könnte zufrieden damit sein, dass er gesund war und auch bei der Größe hatte Herrgott nicht geknausert. Die Mädchen schauten ihrem Wunderknaben ebenfalls interessiert nach. Ihr Herzblatt wuchs zu einem schönen Mann heran!

Sie war versucht, sich zu beruhigen, beäugte ihn trotzdem misstrauisch. Ein Mutterherz ahnt, wenn mit dem Kind etwas nicht stimmt.

„Alex, du riechst nicht nur nach Tabak, sondern auch nach Wodka..."

„Ach was, ich hab' doch nur ein kleines Schlückchen probiert..."

Die Mutter hatte wieder ihre Ruhe verloren und machte sich Sorgen. Der Mann kam selten nach Hause und sie musste alles allein regeln. Sie wurde immer unruhiger.

Die Sommerferien hatten eben erst begonnen. Es stellte sich die Frage, womit der Sohn beschäftigt werden könnte, solang es noch nicht zu spät war. Da fiel ihr der Hausmeister aus dem Schloss ein, bei dem ihr Mann früher gearbeitet hatte. Ein sehr seriöser, selbständiger Mann, er trinkt nicht und raucht auch nicht. Und kann gut mit Menschen umgehen. Sie klammerte sich an diesen Gedanken wie eine Ertrinkende an einen Strohhalm... Sie dachte einen Tag darüber nach, dann einen zweiten und schon war die Woche vorbei.

Der Sohn kam immer öfter betrunken nach Hause. Die Tränen und die Ermahnungen der Mutter halfen nicht. Das Wetter, wie zum Trotz, war auch trüb, kein „Draußenwetter", es regnete fast ununterbrochen. Sie verzweifelte ganz, fand keine Ruhe, weder nachts noch tagsüber, zerbrach sich den Kopf, wie sie das Unglück abwenden könnte. Die Gedanken quälten Klawa und sie hatte ständig Kopfschmerzen.

Alex, du musst dich dringend irgendwie beschäftigen."

„Was soll ich machen. Die deutschen Bücher sind für mich zu kompliziert und russische haben wir keine."

„Es wäre gut, wenn du eine Arbeit finden könntest."

„Ich?" Etwas verärgert dachte Alex darüber nach. „Sie soll mich in Ruhe lassen. Ich hab' ihre Belehrungen satt."

War aber dann einverstanden. „Aber die Frage ist nur, wo?"

Sogar die Schule war besser als diese langweiligen Ferien. Wenn ich mit dem Gymnasium fertig bin, werde ich mich bei einer Militärschule bewerben. Die Jungs lassen nicht locker mit dem Mittrinken und ich will nicht ausgelacht werden. Alles ist so sinnlos. Es wäre gut, wenn sich eine Arbeit finden würde, am besten auch noch eine interessante... ich sagte Mama ja schon, sie könnte im Schloss zu diesem Artur gehen. Dort gibt es viel Interessantes, aber sie traut sich nicht hin...

Dann fasste die Mutter sich doch ein Herz, ihren Landsmann anzusprechen. Sie fuhr nach der Arbeit ins Schloss. Es lag zwei Kilometer weit entfernt, dazu noch auf einer Anhöhe.

Doch sie kam schnell voran. Die Sorge um Alex gab ihr die Kraft dazu.

Sie erzählte dem Hausmeister Artur ihre Probleme mit dem herangewachsenen Sohn.

„Mein Guter, kannst du uns nicht irgendwie helfen?"

„Und wie stellst du dir das vor?"

„Vielleicht kannst du für ihn im Schloss irgendeine Arbeit finden?"

„Aber ich habe doch einen Chef - den Pfarrer."

„Bitte sprich mit ihm, um Gottes willen!"

„Ich kann natürlich mit ihm sprechen, aber Versprechen kann ich nichts…"

„Im Fall des Falles könnte ich dir selbst das Geld geben und du und der Pfarrer könntet dann als Lohn auszahlen."

„Der ist ja ziemlich vertrackt dein Plan."

„Ich bin am Ende. Du bist unsere letzte Hoffnung."

„Nun, es wäre schade um den Jungen."

„Du weißt ja, Viktor kommt selten nach Hause…"

„Ich versuche mein Möglichstes.

Am nächsten Tag traf Artur sich mit dem Pfarrer und erzählte ihm von den Problemen seiner Bekannten mit ihrem Sohn, die ihm mit Tränen in den Augen um Hilfe gebeten hatte.

„Im Park gibt es sehr viel Arbeit und im Jägerhaus muss auch einiges dringend repariert werden. Ich brauche dafür sowieso noch Helfer. Sie könnten dem Jungen Arbeit verschaffen und ihn dadurch vielleicht vor dummen Gedanken retten…"

„Einverstanden", sagte der Pfarrer. „Du kannst ihm zehn Euro pro Stunde zahlen, aber auf deine Verantwortung. Nimm ihn erst mal für eine Woche, beobachte ihn. Wenn er gut arbeiten wird, dann darf er bis zum Ende der Ferien bleiben."

Artur rief Viktors Frau an und erzählte ihr von dem gelungenen Gespräch mit seinem Chef.

Alex sollte pünktlich um acht Uhr morgens kommen. Es gäbe verschiedene Aufgaben, wichtig sei nur, dass er nicht faul sei

Am nächsten Tag war der neue Mitarbeiter um zehn vor acht schon im Schloss. Artur begrüßte ihn und fragte:

„Nun, wie sieht es aus, Alex, wollen wir gut zusammenarbeiten?"

„Ich bin bereit. Es ist langweilig zu Hause zu hocken."

„Hier hast du fürs erste einen Besen. Feg den Weg vom Schlosstor bis zur Brücke und bis zum Eingang in den Park. Den Müll kippst du dann in den Container. Ich habe noch anderes zu tun. Wenn du fertig bist, kannst du die Blumenbeete jäten. Du darfst selbstständig arbeiten. Vergiss nur nicht, dass ich für dich die Verantwortung trage. Missbrauche mein Vertrauen nicht."

Der Junge gab sich tatsächlich Mühe und packte überall mit an. Er half, das Holz zu zersägen und zu hacken, entwurzelte Baumstämme, strich die Wände.

Artur und Alex arbeiteten oft zusammen und unterhielten sich über alle möglichen Themen. Die Gespräche hatten eine gute Wirkung auf den Jungen. Er kam oft ganz müde nach Hause, war aber immer gut gelaunt.

Dank seiner Erfolgserlebnisse konnte der Junge bald das Laster des Nichtstuns überwinden. Am letzten Arbeitstag fragte Artur ihn:

„Nun, Alex, bist du mit deinem Verdienst zufrieden?"

„Ich bin nicht nur zufrieden, sondern sehr zufrieden!"

„Und was machst du jetzt damit?"

„ Die Eltern haben mir erlaubt, einen Fotoapparat zu kaufen."

„Ist das alles?"

„Für die Schwester und die Mutter will ich Pralinen besorgen."

„Eine gute Entscheidung!"

„Darf ich im Park noch Blumen für die Mutter pflücken?"

„Du darfst nicht nur, du musst sogar!"

Mutter Klawa hatte sich endlich beruhigt und war zuversichtlicher geworden, was die Zukunft ihres Sohnes betraf. Voller Stolz erzählte sie ihren Bekannten, dass ihre Sohn sich selbst einen Fotoapparat verdient, ihr einen großen Blumenstrauß geschenkt und seiner Schwester eine Schachtel Pralinen mitgebrachte hätte.

So sieht wohl echtes Mutterglück aus.

Die Mutter Vera

So lange die Kinder heranwuchsen und zur Schule gingen, hatten die Eltern mit ihnen keine großen Probleme. Die sorgenlose Kindheit war aber bald vorbei. Die Jugend war ebenso wie im Flug vorbeigerauscht, wie auch die unvergessliche Studentenzeit. Die Kinder hatten alle studiert. Die erste Liebe, die Süße der ersten Begegnungen. Dann die Familiengründungen.

Die älteste Tochter heiratete einen Russlanddeutschen und übersiedelte mit ihm und zwei lieben Kindern nach Deutschland. Die Eltern mit dem jüngsten Sohn Andrej und dem Großvater zogen aus dem weit entfernten Kasachstan nach Kaliningrad um. Es war so doch etwas näher nach Deutschland. Bald starb der Ehemann. Da blieben Vera, ihr Vater und Sohn Andrej zu dritt.

Doch Andrej fuhr bald nach Moskau, fand da eine gutbezahlte Arbeit, heiratete. Bald hatte Vera auch Enkelkinder, die heranwuchsen. Es hieß leben und sich des Lebens erfreuen. Den Kindern ging es gut. Eins machte Sorgen: Vera war allein mit ihrem Vater, einem Kriegsveteranen, geblieben. Die Kinder und Enkelkinder lebten jetzt in verschiedenen Ländern.

Die Kinder von der Tochter waren mit dem Studium fertig und lebten in verschiedenen deutschen Städten. Die Jahre vergingen mit rasender Geschwindigkeit. Bald starb Veras Vater. Sie blieb ganz allein am westlichsten Rand des großen Russland in Kaliningrad. Nach Deutschland zu Tochter und Enkelkinder umzuziehen war unmöglich, es gab Probleme mit dem Visum sogar für einen einfachen Besuch. Die geliebten Enkelkinder hatten die russische Sprache in Deutschland halb vergessen, sie konnten sich kaum noch unterhalten.

Zum Sohn wäre es einfacher hinzufahren, aber seine Schwiegermutter lebte in seiner Familie unter einem Dach und für seine eigene Mutter war kein Platz mehr. Vera verging fast vor Sehnsucht, allein in dieser Stadt, wo sie keine Verwandte hatte.

Veras Schwester lebte sehr weit, hinter dem Ural, der Bruder in Kaluga. Sie hatten eigene Familien und genug eigene Probleme. Vera fuhr sie manchmal besuchen, aber blieb nicht lange und kehrte zurück in ihre Wohnung, wo sie sich nicht wohl fühlte. Sie war überall überflüssig wie eine Fremde. Nach langem Nachdenken und Zögern schloss sie ihre Wohnung ab und fuhr zu ihrem Sohn ins Moskauer Gebiet. Sie wusste nicht, ob sie zurück kommt oder nicht. Vera war schon Rentnerin, aber fand dort eine Arbeit als Logopädin und eine Dienstwohnung nebenan. Mit den neuen Kollegen gab es keine Probleme. Sie war mit ihren 69 Jahren eine erfahrene Spezialistin, zu der die Kollegen mit Respekt aufschauten. Nur ihr Wunsch, auf die Enkel aufzupassen, ging nicht in Erfüllung. Die Schwiegertochter hatte ihre Mutter in der Nähe und mit ihr - der Schwiegermutter - trafen sie sich höchstens einmal im Monat. Sie überlegte sich, etwas Schönes für die Kinder zu tun, einen grünen Borschtsch zu kochen und Piroschki dazu zu backen, die ihr Sohn so liebte... Sie rief Andrej an und lud seine Familie am nächsten Tag zum Mittagsessen ein.

„Mutter, wir können morgen nicht kommen."

„Dann bring ich alles selbst zu euch."

„Mutter, ich komme und hole dein Borschtsch ab."

„Gut, mein Sohn, ich warte auf dich!"

Vera freute sich, dass sie ihren Sohn wieder einmal sehen würde. Am nächsten Morgen fuhr sie ganz früh zum Markt und kaufte gutes Fleisch, Schnittlauch, Eier,

Schmand. Alles vom Besten, ohne auf die hohen Preise zu achten.

In ihrer kleinen Wohnung gab es keine extra Küche. Sie hatte nur eine Kochecke mit einer Elektroplatte. Freudig erregt, schaute sie ab und zu auf die Uhr und hoffte, dass sie es schaffte, rechtzeitig alles fertig haben. Sie kochte gut und gerne, mit Hingabe, um den Kindern eine Freude zu machen. Endlich war alles fertig. Sie war sogar etwas ins Schwitzen gekommen…

Die Zeit der Ankunft des Sohns rückte näher. Die Mutter schaute ins Fenster: Dort schien freudig die Sonne, aber der Sohn war noch nicht zu sehen. Sie bedeckte die Kasserolle mit Borschtsch mit einem Handtuch. Auch die Piroschki packte sie ein, damit sie warm blieben. Immer wieder schaute sie hinaus aus dem Fenster, aber vom Sohn gab es keine Spur.

Das Warten wurde quälend lang. Sie legte noch eine Decke über den Suppenbehälter. Trat hinaus auf die Straße. Nein, der Sohnemann war nicht in Sicht. Sie ging hin und her im Hof herum und machte sich Sorgen, ob nicht etwas passiert wäre. Bei der Arbeit? Nein, es war ja Sonntag. Vielleicht ein Unfall? Wieso ruft keiner an...

Vera kehrte zurück in ihre Wohnung. Das Essen war noch warm. Die Mutter schaute auf die Uhr mit Tränen in den Augen. Es vergingen zwei Stunden, drei... Der liebe Sohn hatte sich immer noch nicht gemeldet. Aufgeregt wartete sie auf ihn am Fenster. Sie fühlte sich plötzlich älter und schrumpfte irgendwie innerlich zusammen. Traurig dachte sie über ihr Leben nach, über die ewigen Sorgen um die Kinder. Vorbei, verflogen war die glückliche Zeit. Keiner brauchte jetzt die alte Großmutter. Die eigenen Kinder brauchten sie nicht. Traurig. Peinlich. Aber was soll's. Tränen helfen auch nicht wirklich...

Draußen verwandelte sich die graue Dämmerung in eine dunkle Nacht. Auch in ihrer Seele sah es düster aus. Es gab keinen, mit dem sie über ihr wichtige Dinge sprechen könnte...

In der heutigen Welt lebt man besser, sogar gut aus materieller Sicht. Die Menschen haben eigene Häuser oder Wohnungen, teure Autos. Sie kommen gut ohne die Hilfe der Eltern aus. Aber zu ihrem Geld sagen sie nicht "Nein": je mehr sie bekommen, desto besser. Sie brauchen sich auch keine Sorgen um ihre Eltern zu machen. Die sind ja nicht arm. In der Welt der Supergeschwindigkeit hat man keine Zeit, über einsame Eltern nachzudenken!

Vera erinnerte sich an ihre weit in die Vergangenheit gerückte Kindheit, als sie arm und beengt lebten, aber die ganze, große Familie zusammen war. Trotz der Armut gab es freudige Ereignisse. Besonders waren ihr im Gedächtnis die unvergesslichen fröhlichen Treffen mit den Großeltern. Wenn sie zu Besuch am Sonntag vorbeikamen, freuten sie sich alle sehr. Sie hatten immer schöne Mitbringsel dabei: selbst marinierte Pilze, Gurken oder sehr leckeres Gebäck. Die mit Omas guten Händen gestrickten Socken, und Schals wärmten nicht nur den Körper, sondern auch die Seele und erfüllten sie mit Dankbarkeit.

Jetzt haben Alle alles, man kann die Kinder kaum noch mit etwas begeistern. Doch kann es die alte Vera schwer verkraften, dass sie allein geblieben ist, dass keiner sie braucht. Sie nährt sich von Erinnerungen und trocknet die Tränen ab. Ist aber trotzdem sehr zufrieden, dass die Kinder gute Arbeitsstellen haben, dass es ihnen an nichts fehlt. Die Enkelkinder werden immer größer. Alle sind gesund… Mit diesen Gedanken schlief sie dann doch irgendwann ein.

Sie träumte, dass sie ein Brief aus Deutschland erhalten hatte, von ihrem ehemaligen Schulkameraden, in den sie als junges Mädchen sehr verliebt war. Der Inhalt des Briefes war so lieb, dass sie wie neu geboren aufwachte.

Du bist nicht allein!

„Guten Morgen, Vera! Ich habe heute schlecht geschlafen. Wurde immer wieder wach und dachte im Halbschlaf an dich, meine Liebe…

Ich stellte mir vor, wie du gut gelaunt die Lebensmittel für den Borschtsch eingekauft hast. Wie du gekocht und mit der ganzen Mutterliebe dabei warst, um den Kindern eine Freude zu machen. Wie du den Borschtsch zudecktest, um ihn warm zu halten. Wie quälend lang das Warten auf den Sohn war. Welche Gedanken durch deinen Kopf schwirrten und dir Tränen in die Augen trieben. Und er kam und kam nicht! Du machtest dir Sorgen, ob nicht etwas Schlimmes mit ihm passiert sei. Wie du aus dem Fenster schautest und auf die Straße herausgingst. Und er hat nicht mal angerufen…

Du hast mir geschrieben und ich habe deine innere Unruhe gespürt und geteilt. Das kann nur derjenige, der Ähnliches erlebt hat.

Ich kann deinen Zustand sehr gut nachvollziehen, liebe Vera. Ich habe auch einiges Schlucken müssen von meinen lieben Söhnen… Es ist beleidigend, aber was soll's… Es sieht so aus, dass wir die gleichen Sorgen haben, Vera. Und solche, von den Kindern vergessene Eltern, gibt es sehr viele.

Das Leben ist ein ewiger Kampf. Kaum ist ein Problem gelöst, so kommen andere dazu, wie aus dem nichts, immer wieder… Unser Pech ist, das wir allein sind. Allein ist es schwieriger mit den Lebenswidrigkeiten zurecht zu kommen. Je älter, desto schlimmer wird es...

Heute bei meinem Spaziergang wunderte ich mich über die ersten gelben Blätter unter den Bäumen. Es war ringsum ein üppiges Fest der grünen Farbe und plötzlich - dieses Gelb! Die ersten zögerlichen Merkmale des heranrückenden Herbstes...

In der Natur ist alles miteinander verbunden. Da kam mir bei den gelben Blättern der Vergleich mit einem Spinnengewebe der Falten im Gesicht, den ersten grauen Haaren... Die wichtigsten Jahre meines Lebens sind vorbei, ich bin ganz grau geworden, das Gesicht voller Falten. Ich gehe auf die Achtzig zu und trotzdem will man leben, lieben und schöpferisch tätig sein! Das ist sogar notwendig, weil das Leben bedeutet Bewegung. Solange die Gesundheit es erlaubt, muss man sich mit etwas beschäftigen, das Spaß macht. Es gibt so viel Interessantes ringsum, man muss es nur sehen können. Das Leben ist wunderbar und wenn man will, kann man die Langeweile der Eintönigkeit überwinden. Auch im Alter gibt es Gutes, Freudiges.

Viele ältere Menschen leben für sich allein, kümmern sich nicht um ihre Kinder. Die Bundesdeutschen bekommen durchschnittlich eine gute Rente und brauchen fast auf nichts zu verzichten. Im Fall des Falles kommen sie in ein gutes Altersheim, das sie mit ihrer Rente und Gespartem bezahlen können. Ihre erwachsenen Kinder kommen auch ohne materielle Unterstützung der Eltern zurecht. Es ist natürlich nicht immer alles so gut und glatt, aber sie haben Kontakt zu einander. Das ist menschlich, die Familienwärme hat etwas Edles an sich. Und was für ein Glück ist es, wenn die Eheleute es schaffen, bis ins hohe Alter ihre Liebe aufrecht zu erhalten! In solchen Familien leben auch die

Kinder mit ihren Ehepartnern glücklicher. Es ist vielleicht wunderlich, aber wahr: je ärmer, desto näher rückt man zusammen. In reichen Ländern gibt es viel mehr Scheidungen und werden weniger Kinder geboren. Und auch der Glaube gerät dort in Vergessenheit. Neue Kirchen werden nicht gebaut, die alten werden teilweise geschlossen, weil es immer weniger Kirchengänger gibt, um sie in Stand zu erhalten.

In schwierigen Zeiten erinnert man sich viel schneller und öfter an Gott - Der Glaube beruhigt und stärkt innerlich. Die Religion vereint Menschen und stärkt auch dadurch den Staat.

Nach der russischen Revolution hatten die Bolschewiken den Glauben verboten, viele Gotteshäuser geschlossen, zweckentfremdet oder sogar zerstört. Das Ergebnis war erschütternd. Es vergingen Jahre, Jahrzehnte. Nach der Perestroika hat man begonnen die halb vergammelten oder zerstörten Kirchen zu renovieren, wieder herzustellen. Es gibt auch wieder viel mehr Gläubige. Das Fazit ist einfach: der Glaube an Gott, an das Gute, in die Liebe ist lebensnotwendig für jeden Lebenden auf unserem wunderbaren Planeten, auf der Mutter Erde!

Liebe Vera, es ist gut, dass du das Gotteshaus besuchst. Das bedeutet, dass du nicht allein bist. Mit dir ist unser himmlischer Vater, unser Retter und Beschützer.

Halte durch, meine Liebe!

Die Alten

Ich arbeitete einige Jahre in einem mittelalterlichen Schloss. Damals hatte ich es dort mit verschiedenen Menschen zu tun. Oft kam auch Frieda dahin, eine professionelle Sängerin und Musikerin aus München. Sie war ungefähr 50 Jahre alt. Einmal bat sie mich, sie in die Nachbarstadt Bad Aibling zu fahren. Sie war in dieser Kurstadt geboren und hatte dort ihre Kindheit, Schuljahre und Jugend verbracht. Dort lebte immer noch ihr Onkel, den sie besuchen wollte. Ein verständlicher Wunsch, denn man soll die Beziehungen zu den Verwandten aufrechterhalten. Während unserer gemütlichen Fahrt erzählte sie mir von ihm. Er wäre früher Musiklehrer gewesen. Er war auch ein wunderbarer Geigenbauer. Diese Gabe gibt es nicht so oft. Ihrem Onkel verdankte Frieda ihre Liebe zur Musik und ihren wunderbarsten Beruf in der Welt der Kunst. Bald kamen wir bei einem Doppelhaus an. In einer Hälfte lebten die 80-jährigen Alten, in der zweiten Hälfte - ihr Sohn mit seiner Familie. Zu den Jungen schaute meine Bekannte noch kurz herein. Ich beobachtete mit Genugtuung wie die zwei Alten ihre Nichte begrüßten. Die Rentner kamen mir zuerst unscheinbar vor, gebückt und fast erschrocken... Aber als sie ihre Nichte erkannten, veränderte sich ihr Gesichtsausdruck sofort – er wurde klarer. Sie lächelten und ihre Augen glänzten glücklich. Sogar die Rücken wurden gerader.

Der Onkel rief erfreut:

„Liebe Frieda, wie schön, dass du uns Alte besuchst!"

„Jetzt können wir das Trio spielen!", pflichtete ihm die Tante bei.

„Mit Vergnügen, ich träume davon schon so lange!",
antwortete freudig erregt die strahlende Nichte.

Sie sprachen nicht lange drum herum. Der augen-
blicklich verjüngte Onkel hatte schon das Cello in den
Händen.

Die Tante setzte sich ans Klavier, die Nichte drückte
zart ihre Geige an die Wange. Das Haus war von Musik
erfüllt. Ich saß schweigend da, verzaubert von den
wunderbaren Klängen. Die Musiker gaben ihr Bestes,
spielten von ganzem Herzen, mit Freude in den Augen
durch dieses Treffen mit Frieda. Die Musik hatte alle Drei
in einen Klangkörper verwandelt, sie spielten nicht für
Ruhm, sondern für die Seele. Ich schaute mich vorsichtig
um. In diesem alten Haus waren die Wände mit schönen
Bildern behangen. Es waren keine Kopien. Eine Vielzahl
von verschiedenen Gipsfiguren, Statuetten, Souvenirs,
alte teure Möbel. Große Kronleuchter, in denen vielleicht
früher Wachskerzen gebrannt hatten. Es war verwunderlich, dass zwischen diesen teuren Sachen auch Werkzeuge für die Herstellung von Geigen zu sehen war:
Hobel, Flachmeißel, Klemmen, Zangen, Schraubenzieher
und Schlüssel. Ringsum Chaos, wahrscheinlich jahre-
lange Unordnung, die Wände lange nicht mehr neu gestri-
chen, es gab sogar einige dunkle Flecken. Man hatte das
Gefühl, sich in einer vergessenen Lagerhalle mit teuren
alten Sachen zu befinden. In eines der Fenster kam mit
Mühe ein heller Sonnenstrahl durch. Der machte aus
diesem Treffen etwas märchenhaft Schönes. Die Rentner
hatten sich verändert, waren lebhafter geworden. Mein
erster Eindruck vom alten Onkel: Mit seinem gekrümmten
Rücken hatte ausgesehen wie ein Fragezeichen. Jetzt
aber war daraus ein Ausrufezeichen geworden. Alle
waren glücklich.

Ich hörte diese wunderbare, hervorragend aufgeführte Musik. Ich spürte ein außergewöhnliches Gefühl der Begeisterung. Vor meinen Augen hatte sich der Onkel immer weiter verjüngt. Mich erfüllte eine sonderbare Gelassenheit und Ruhe der Ewigkeit. Wie schön, dass trotz der Sorgen und Krankheiten, die sich mit den Jahren anhäufen, es auch bei älteren Menschen glückliche Momente gibt. Und solch ein improvisiertes Konzert! Die Hände und das Gehör ließen sie nicht im Stich, das Gedächtnis war auch noch in Ordnung. Und sie erhalten den Beweis, dass sie noch die Musikinstrumente beherrschen. Diese flüchtigen glücklichen Momente geben dem Leben einen Sinn. Die Alten nahmen mit Bedauern Abschied von ihrer Nichte, wurden etwas hektisch, schauten ihr in die Augen... Sie begleiteten uns mit großer Würde zum Auto. Der alte Mann lächelte glücklich und verneigte sich ein paar Mal. Manchmal braucht man nur ein paar gute Worte um glücklich zu sein oder etwas Wärme und Aufmerksamkeit von den Verwandten. Leider gibt es in unserer hektischen Welt der wahnsinnigen Beschleunigungen selten Zeit um Verwandte zu besuchen, ihnen einfach etwas Aufmerksamkeit zu schenken, welche die beste Medizin für Körper und Seele ist. Ich musste in diesem Moment darüber nachdenken, dass ich meinen schon lang verstorbenen Eltern früher zu wenig Aufmerksamkeit geschenkt hatte. Mit zunehmendem Alter versteht man besser früher gemachte Fehler, die uns erst dann bewusst werden, wenn es zu spät ist. Es sind mir nur die Gräber meiner unvergessenen Verwandten im weiten Kasachstan geblieben. Leider habe ich nicht die Möglichkeit, diesen Friedhof zu besuchen und Blumen auf ihr Grab zu legen.

(aus dem Russischen Von Stephanie Lauer)

Die Frau aus Australien

Wir fuhren in die Alpen mit einem Touristenbus. Neben mir saß eine ungefähr siebzigjährige Frau. Wir kamen ins Gespräch. Sie war eine sehr muntere Gesprächspartnerin, erzählte, dass sie in Deutschland geboren sei, aber schon lange in Australien lebt. Als junge Frau hatte sie einen Ingenieur aus Amerika kennen und lieben gelernt. Dort, in diesem fernen Land, wurden ihre Kinder geboren.

Dann wurde ihrem Mann eine gute Arbeit in Australien angeboten. Und sie zogen um. Sie arbeitete in einem Büro und hatte auch zu Hause genug zu tun. Die Kinder wurden irgendwann erwachsen, gründeten Familien. Dann kamen die Enkelkinder. Der Mann verstarb sehr früh und sie blieb allein zurück in ihrem Haus mit einem großen Grundstück, das vom Meeresstrand nur dreihundert Meter entfernt war. Die Kinder hatten ihre eigenen Häuser. Die Enkel waren auch schon erwachsen.

Die Australierin hatte auf einmal sehr viel Freizeit und genug Ersparnisse auf der Bank, um sich mit jedes Jahr eine Reise nach Deutschland erlauben zu können. Sie besuchte ihre Heimat, lebte allein im Hotel und unternahm gerne Tagesreisen mit Reisebussen.

Sie war eine gute Erzählerin und sah auch ausgezeichnet aus. Es stellte sich heraus, dass sie schon 86 Jahre alt war. Ich dachte erst, ich hatte sie falsch verstanden, aber sie wiederholte, dass sie tatsächlich 86 Jahre alt sei. Ich war sehr verwundert und begeistert! In einem so fortgeschrittenen Alter reiste sie ohne Begleitung vom einen Ende der Welt bis zum anderen einfach aus Neugier. So etwas ist wirklich eine Ausnahme und nichts Alltägliches.

Viel öfter sitzt man in diesem Alter zu Hause und schmachtet unter der Last der Krankheiten und der Schwermut. Ohne es zu merken, gerät man so in die Gefangenschaft des Müßiggangs.

In dieser modernen Welt benutzen viele junge Menschen die Vorteile der Zivilisation anders als diese wunderbare Frau. Sie können, ohne das Haus zu verlassen, sich jede Ecke der Welt im Internet anschauen.

Ein ganz anderes Beispiel erzählte mir ein Bekannter: Sein erst 30-jähriger Sohn wurde nach einer Krankheit PC-süchtig. Er sitzt bis mitten in die Nacht an seinem Computer und interessiert sich für nichts anderes mehr. Er bekommt dort alle ihn interessierenden Fragen beantwortet. An die frische Luft geht er nur, um bis zum Auto zu kommen, um einkaufen zu fahren. Danach setzt er sich wieder vor den Bildschirm. Er kocht für sich selbst und trifft sich immer seltener mit seinen Freunden, die ihn auch manchmal noch besuchen. Frauen interessieren ihn auch nicht...

Mein Bekannter macht sich Sorgen um seinen einzigen Sohn und weiß nicht, wie man ihm helfen kann. Die PC-Abhängigkeit ist eine moderne Krankheit, die junge Leben zerstören kann.

Treuer Man

Schon vier Jahre wohne ich in der Kurstadt Bad Wörishofen. Jeden Tag mache ich einen Spaziergang und bewundere die Schönheit dieser Stadt. Gewöhnlich gehe ich bei meinem Rundgang über den Fußgängerweg entlang des Wörtbaches nach Hause, der sich durch die ganze Stadt zieht. An seinem linken Ufer befindet sich die Fußgängerzone.

An beiden Flussseiten sind es viele Sehenswürdigkeiten, Denkmäler, verschiedene Läden und Cafés. Natürlich gibt es neben den Wohnhäusern auch viele Gasthäuser, Hotels mit zwei bis fünf Sternen. Am rechten Ufer erreicht man den Stadtrand schneller. Weiter zieht sich ein grünes Feld mit einem Bauerhaus.

An diesem Ufer begegnete ich einem Ehepaar aus meiner Nachbarschaft. Sie beobachteten die neugeborenen Kälber und Kühe. Sie teilten mir enthusiastisch mit, dass an diesem Morgen das achte Kälbchen geboren wurde. Die kleine Herde graste am anderen Ufer. Die Kühe sind immer unter freiem Himmel zu sehen. Manchmal kann man sogar die Geburt eines Kalbes beobachten. Die Kurgäste der Stadt bleiben oft stehen, um sich diese Herde anzuschauen. Das sind etwas zerzauste kanadische Kühe mit sehr gutem Fleisch, die sich von den einheimischen Kühen unterscheiden.

Wenn ich den Nachbarn begegne, grüße ich sie oft mit den Worten: „Wie geht es, Turteltäubchen?"

Oft überleben die Frauen ihre Männer, sie leben im Durchschnitt länger und betreuen ihre kranken Ehegatten. Es gibt natürlich auch das Gegenteil, aber seltener.

Mein Nachbar Heinz ist 74 Jahre alt, sehr schlank und beweglich wie ein Jüngling, immer sehr gutmütig. Seine Frau ist drei Jahre jünger, kleiner als er, etwas mollig, mit strahlenden Augen. Leider ist sie krank. Es ist erstaunlich, dass sie ihre gegenseitige Liebe bis ins Alter beibehalten haben. Es ist angenehm zu sehen, wie er seine Lebensgefährtin bei Spaziergängen, zu Kuranwendungen oder zum Arzt begleitet. Ruhig, fast stolz geht er vorwärts und sie hakt sich bei ihm ein und trippelt mit kleinen Schritten neben ihm her. Sie werden nie müde, eine nur ihnen begreifliche Unterhaltung über die Vergangenheit, Gegenwart und Zukunft immer weiter zu führen. Sie haben so viel gemeinsam erlebt, nicht nur Freude gab es in ihrem Leben, sondern auch traurige Momente.

Heinz sagte einmal, sie sei seine erste und letzte Liebe und er - ihre. Karin war immer sehr fürsorglich gewesen, hat ihm den Rücken freigehalten und er konnte dank ihr seine Kariere machen. Die Jahre sind im Nu verflogen. Beide sind Rentner. Sie ist krank.

Jetzt ist hauptsächlich der treue Ehemann für die Hausarbeit zuständig. Er kocht, wäscht die Wäsche, putzt, hilft seiner lieben Frau sich an- und auszuziehen. Er bekommt so viele liebevolle ermunternde Blicke und Dankbarkeit von ihr, die so hilflos geworden ist, aber immer noch versucht, mit anzupacken. Sie trocknet das Geschirr ab, poliert die Möbel, gießt die Blumen. Diese leichten Tätigkeiten geben ihr das Gefühl eine Hilfe für ihren lieben Mann zu sein.

Gegenüber von unserem Haus hat man zwei neue Gebäude gebaut. Im Erdgeschoss befinden sich Räume für die Tagespflege für ältere und kranke Menschen. Morgens bringt man sie mit speziellen Taxi-Bussen dorthin. Einige Autos sind für Rollstuhlfahrer geeignet. Die Fahrer helfen den Alten auszusteigen und begleiten sie bis an die Haustür. Sie werden mit einem freundlichen Lächeln begrüßt und empfangen. Es gibt dort verschiedene Beschäftigungstherapien, Bewegungs- übungen, Spiele, Gesang, oder man hört sich einfach Musik an. Sie werden beim Spaziergang an die frische Luft begleitet. Dann erholen sie sich am Flussufer auf den Bänken, machen einige einfache Übungen und unter- halten sich mit Menschen ihres Alters mit gleichen Problemen. Sie bekommen ein schmackhaftes Frühstück und Mittagessen. Vor der Rückkehr nach Hause trinken sie noch Kaffee mit Kuchen oder Brötchen. Alte Menschen ernähren sich oft nicht so gut. Sie haben die Möglichkeit ihre Probleme und Krankheiten zu vergessen. Sie werden von geschultem Personal betreut.

Meine Nachbarn schauten sich das Angebot an. Dann informierte sich Heinz über die Bedingungen und begann, einmal in der Woche seine Frau dahin zu bringen. Karin erzählt ihrem Gatten lebhaft, wie interessant sie die Zeit in dieser Gesellschaft verbringen.

Sie fühlen sich nicht einsam, bekommen oft Besuch von ihren Kindern und Enkelkindern. Fahren zusammen in eine Kur oder einfach zum Meer. Trotz Alter und Krankheit sind sie glücklich.

Die Liebe

Verbotene Liebe

Seit jeher gab es bei den Russlanddeutschen das ungeschriebene Gesetz, nur innerhalb der eigenen Konfession zu heiraten. So gründeten Protestanten, Katholiken und Mennoniten Familien fast nur mit Partnern aus der eigenen Kirchengemeinde. Die russischorthodoxe Kirche kam ihnen fremd vor. Mischehen gab es sehr selten. Bis zum Zweiten Weltkrieg lebten die Russlanddeutschen teils in der autonomen Wolgarepublik, teils in anderen Siedlungsgebieten fast nur unter sich. Während des Zweiten Weltkrieges wurden sie nach Sibirien, Kasachstan und andere unwirtlichen Gegenden der großen Sowjetunion zwangsumgesiedelt und mussten unter Russen und anderen Nationen leben. Von den früheren Siedlungsorten blieben nur noch Erinnerungen.

Nach dem Krieg durften die deutschen Männer ihre Verbannungsorte auch nach zehn Jahren nicht verlassen. Ab 1946 wurde ihren Familien aber erlaubt, zu ihnen umzusiedeln. Die Familienzusammenführung fand unter der Aufsicht der Kommandantur statt, ohne eine Erlaubnis diesen Ort wieder zu verlassen. Die Wahlheimat wurde für die Russlanddeutschen zur Stiefmutter.

Während des Ersten Weltkrieges verteidigten die Russlanddeutschen ihre zweite Heimat zusammen mit Vertretern verschiedener Nationen. Im Zweiten, besonders brutalen Weltkrieg, kamen die Russlanddeutschen nicht auf die Schlachtfelder, sondern hinter Stacheldraht als gesetzlose Sklaven. Dabei war der Großvater der Familie im Ersten Weltkrieg schwer verwundet gewesen und starb an den Folgen, ohne alt zu werden. Der Bruder des Vaters opferte sein Leben für den Zaren und das Vaterland dort.

Die Zeit ging weiter, die Nachkriegszeit brachte zunächst weiterhin nur Hunger und Kälte. Trotzdem wurden junge Familien gegründet und Kinder erblickten das Licht der Welt. In einer russlanddeutschen Familie wuchs ein lustiges, schlankes und sehr schönes Mädchen heran. Den ungeschriebenen Gesetzen der Liebe folgend, verliebten sie und ein ebenfalls sehr schöner russischer Bursche sich ineinander, träumten von Heirat, einer Familie und Kindern. Die Eltern des Mädchens hatten sich in der Verbannung im Arbeitslager während des Krieges kennengelernt und geheiratet. Die Erniedrigungen und Not von damals hatten sie nicht vergessen und waren strikt gegen einen russischen Schwiegersohn. Da halfen weder alle Tränen ihrer Tochter noch der starke Wille des jungen Mannes, der zu einer anderen Glaubensgemeinschaft gehörte. So etwas hatte es vor dem Krieg kaum gegeben. Sie konnten ihre Tochter einfach nicht verstehen. Die Eltern des jungen Russen waren auch alles andere als begeistert von der Wahl ihres Sohnes. Sie wollten keine deutsche Schwiegertochter. Die Wunden und Verluste des Krieges schmerzten in beiden Familien zu sehr.

Nach der Aufhebung der Kommandantur siedelte die russlanddeutsche Familie aus Sibirien in das wärmere Kasachstan um.

Es verging einige Zeit. Die junge Frau heiratete einen arbeitsamen Russlanddeutschen, aber tief in ihrer Seele trauerte sie immer noch um ihre erste Liebe - den jungen Russen.

Ihr Ehemann liebte sie, aber wenn er etwas über den Durst getrunken hatte, machte er ihr Vorwürfe und beleidigte sie. Die früher stolze, schöne Frau schwieg und blieb ihm treu. Nur ab und zu kam es in der jungen Familie zu lauten Auseinandersetzungen, so wie auch in manchen anderen Familien. Das Leben nach dem Krieg war nicht leicht, aber sie bekamen liebe Kinder und sehr langsam brachten sie es zu etwas Wohlstand. Das Leben ging weiter.

In den neunziger Jahren begann in der Sowjetunion die Perestroika. Viele Russlanddeutsche siedelten nach Deutschland um. Auch diese Familie wagte den Neubeginn in ihrer historischen Heimat. Die Kinder heirateten, die lang ersehnten Enkelkinder und später auch Urenkel kamen zur Welt.

Aus der ehemals schönen jungen Frau wurde nun eine Uroma. Nichts ist ewig auf der Welt. Sie war alt geworden, schon achtzig Jahre trugen sie ihre Füße auf der Erde. Sie schien zufrieden zu sein mit ihrem Leben, aber manchmal überwältigte sie heimlich eine drückende Trauer und Sehnsucht nach der ersten, von den Eltern verbotenen, echten Liebe. Sie erinnerte sich an diese kurze glückliche Zeit und wischte verstohlen die ungewollt kommenden Tränen ab. Sie hoffte nur, dass das Leben ihrer Kinder und Enkel glücklicher sein würde. Die Zeit geht immer weiter, bringt Freude und Leid, die Sehnsucht kommt und geht. Sie freute sich über ihre große Familie, die sie immer noch brauchte und schenkte ihr ihre ganze Liebe. Die Familie ist das wichtigste im Leben.

Falsche Liebe

Ein Ehepaar hatte schon drei heranwachsende Töchter, als endlich der lang ersehnte Sohn zur Welt kam.

Sie freuten sich ohne Ende. Die Eltern und die Schwestern liebten und verwöhnten den kleinen Sprössling. Er wuchs schnell heran, war gesund und immer gut gelaunt. Bald konnte der Kleine schon sitzen, dann begann er zu krabbeln und seine kleine Welt zu erkunden. Irgendwann merkten die Eltern, dass ihr Liebling die linke Hand beim Tasten und Greifen bevorzugte und leider nicht die rechte. Sie fanden es falsch und versuchten immer wieder ihn davon abzuhalten. Die linke Hand wurde sogar an den kleinen Körper gebunden und ihm wurde immer wieder erklärt, dass es falsch sei. Er wurde gezwungen, alles mit der rechten Hand zu machen. All' diese Versuche waren umsonst, der Junge war nicht ganz so wie alle anderen. Er wurde erwachsen, heiratete mit der Zeit. Sein Leben verlief ganz normal, er hatte es gelernt, beide Hände gleich gut zu benutzen. Doch die Eltern hatten es aus Unwissenheit mit ihrer gut gemeinten, aber falschen Vorliebe übertrieben. Leider verwechselte der längst erwachsene Sohn immer wieder wo rechts und wo links ist.

Echte Liebe

Vor vielen Jahren träumte Sigmund, noch als Junggeselle, von einer echten Liebe. Er arbeitete als LKW-Fahrer und war oft mehrere Tage unterwegs. Es war in den 60er Jahren, die Autos hatten keine Klimaanlagen und Heizung. Im Winter war es in der Fahrerkabine sehr kalt, die Landstraßen waren in einem schrecklichen Zustand. Oft wurde in der Kabine des LKWs übernachtet, man suchte dafür irgendwo etwas abseits der Straße einen windgeschützten Platz. Dort machte man für eine Pause Halt, um sich mit dem von zu Hause mitgenommenen Proviant zu stärken. Bei einer solchen langen

Fahrt traf er an einer Quelle, nicht weit von der Straßen-
biegung, wo der Wind nicht so stark war, seinen entfernten Verwandten Alexander. Der war schon etwas über
dreißig Jahre alt, verheiratet, mittelgroß, hager, aber
breitschultrig, immer gut gelaunt und redselig. Seine Frau
dagegen war etwas mollig, sehr fröhlich und schön. Sie
hatten zwei Kinder. Die Männer machten es sich in der
Fahrerkabine gemütlich, um etwas zu essen. Alexander
fragte:

„Nun, wie sieht es aus, lustiger Junggeselle, wann
heiratest du endlich?"

„Ich habe noch nicht die Richtige gefunden, die Beste,
die Schönste..."

„Such', mein Lieber, nicht die Schönste..."

„Welche sonst?"

"Such' die Liebste."

„Was ist es - die Liebe?"

„Hast du es noch nicht verstanden?

„Du bist älter, erzähl mal, was du darunter verstehst",
bat ihn Sigmund.

„Nun, ich kam einmal nach einer langen Fahrt nach
Hause. Ich war drei Tage unterwegs gewesen", begann
Alexander zu erzählen. "Es war ein kalter Winterabend.
Ich war fürchterlich verfroren. Meine Familie schlief
schon. Ich weckte meine Frau. Meine beste Hälfte freute
sich sehr. Sie hatte nur ein Spitzennachthemd an und sah
verführerisch aus. Sie half mir aus der Oberbekleidung
heraus und deckte den Tisch mit Resten des Abend-
essens. Dann legte ich mich ins warme Bett und sie
deckte mich mit einer warmen Decke zu, schlupfte auch
zu mir unter die Decke und schmiegte sich an meinen
Rücken mit ihrem heißen Körper. Die Wärme meiner

lieben Frau roch so verführerisch! Ich taute auf und fühlte mich wie ein sehr glücklicher Mann.

Ich drehte mich um zu ihr und sah in der angenehmen Halbdunkelheit des vom neugierigen Mond beleuchteten Zimmers ihre strahlenden Augen, in denen so viel Zärtlichkeit, Hingabe, Ruhe und Treue zu sehen waren... Wir genossen das Glück der Liebe.

Als ich morgens wach wurde, hatte meine Frau schon den Ofen geheizt und das Frühstück vorbereitet. Ein Ofen in Gang zu bringen ist gar nicht so leicht: Man muss zuerst die Asche vorsichtig herausholen, ohne eine schwarze Staubwolke zu verursachen, und sie heraustragen. Es ist auch wichtig, das Holz im Ofen richtig aufzuschichten, darunter Späne und ein Stück Papier zu schieben. Diese Kunst beherrschte mein Frauchen besser als ich. Die Kinder wurden wach und stürmten lachend mit viel Lärm in mein Bett. Wenn ich an sie und meine Frau denke, dann weiß ich, was Familienglück bedeutet".

Der Himmel wurde heller. Es begann langsam ein neuer Tag.

„Und welche Frauen sind am besten und süßesten?" fragte Sigmund.

„Das begreifst du, wenn du dich verliebst", antwortete Alexander.

„Das hast du gut gesagt..."

„Nur die Frau, die du liebst, kann die Beste und die Schönste sein... Gegenseitige Liebe, nicht eine heimliche Liebschaft, kann echt sein und glücklich machen", fuhr Alexander fort. "Am besten, für das ganze Leben. Für das Glück der Familie lohnt es sich zu schuften, zu frieren und vieles mehr zu überwinden. Es ist so angenehm nach Hause zu kommen, wo auf dich eine treuliebende Frau wartet und heranwachsende fröhliche Kinder entgegen gelaufen kommen. Aus meiner Sicht ist genau das eine echte, einzig glückliche Liebe."

„Ich danke dir für deine Offenheit und gut gemeinten Rat! Nun, werde ich weiter meine Liebste suchen, " antwortete Sigmund.

Als sie mit ihrem einfachen Imbiss und dem ausführlichen Gespräch fertig waren, fuhren sie weiter in verschiedene Richtungen. Jeder mit seinen eigenen Sorgen, Erwartungen und Zukunftsträumen. Es gibt in jedem Alter Probleme im Leben. Es kann ja auch nicht anders sein. Das Leben ist ein Überlebenskampf - von der Kindheit bis zum Greisenalter.

Der Weg floss den Rädern des Autos entgegen, zwei Lichtkegel durchbohrten die nächtliche Finsternis. In Sigmunds Kopf schwirrten angenehme Gedanken nach diesem Gespräch an der Quelle. Er war sehr gut gelaunt und träumte von einer zukünftigen, verführerischen, geheimnisvollen Frau und glücklichen Liebe.

Der Geistliche

Während einer meiner Kirchenbesuche erlebte ich das erste Mal eine wunderbare innere Zufriedenheit und Ruhe. Ich war schon oft in der Kirche gewesen, arbeitete dort sogar acht Jahre als Küster, aber so einen Zustand hatte ich noch nie erfahren. Mich überrollten Erinnerungen.

Vor langer Zeit, ungefähr vor dreißig Jahren, als ich noch als Busfahrer arbeitete, musste ich zwischen zwei Fahrten dringend etwas am Stadtrand von unserem Issyk erledigen.

Während der Fahrt fiel mir ein Geistlicher auf, der auf der anderen Straßenseite entgegenkam in einem langen, bis auf die Ferse schwarzen Gewand. Er bewegte sich ziemlich schnell, ab und zu hielt er an und erhob die Hand in der Hoffnung, dass jemand ihn mitnehmen würde. Doch keiner achtete auf das Zeichen des Geistlichen.

Wie von selbst kam mir der Gedanke, dass in früheren Zeiten ein Geistlicher ein sehr geachteter Mann war. Man hat sich tief vor ihm verneigt. Und jetzt rauschten alle Autos vorbei, keiner von den Autofahrern nahm Notiz von ihm!

Ende der achtziger Jahre gab es in der Sowjetunion nämlich wenige, die sich trauten, sich offen zum Glauben zu bekennen.

In der russisch-orthodoxen Kirche war der Geistliche die Hauptperson und man nannte ihn „Batjuschka" – Väterchen, und seine Frau - Mütterchen. Schon diese Bezeichnung sprach für sich. Man konnte den Geistlichen auch Vater Kirill nach seinem Namen ansprechen.

Vor der Revolution war die Kirche eine kulturelle Instanz und es gab kirchliche Grundschulen. Der Glaube hielt die Gemeinde zusammen.

Nach der Geburt eines Kindes wurde es vom Geistlichen getauft und er bestimmte seinen Namen nach den Namenstagen der Heiligen und Märtyrer.

Für die Taufe gab es eine Patentante und einen Patenonkel, die vor Gott für ihn zuständig waren. Dies war nicht irgendein Brauch, die Paten wurden sorgfältig ausgesucht. Sie sollten nicht nur bei der Erziehung mitreden, sondern auch als Vormund gelten, falls etwas mit den Eltern passieren sollte.

Auch zu den Schwerkranken kam der Geistliche und, wenn es keine Hoffnung auf eine Genesung mehr gab, verbrachte er mit den Sterbenden ihre letzten Stunden auf der Erde, bevor sie ins Jenseits wechselten. Er erleichterte sie durch die Beichte und ein Gespräch. Wenn der Mensch gestorben war, wurde er in der Kirche vom Geistlichen bei einer Totenmesse ausgesegnet.

Auch die Hochzeiten wurden in der Kirche zelebriert. Der Geistliche bestimmte den Hochzeitstag und traute die jungen Paare.

In Kirchenbüchern wurden die Geburten, Hochzeiten und das Todesdatum vermerkt. Leben und Tod sind nicht weit voneinander entfernt, beide – ein Teil unseres Daseins auf der Erde.

Bei Begegnungen mit einem Geistlichen verneigten sich die Menschen und die Männer zogen die Mützen vom Kopf.

Vergangen, verflogen sind die Jahre der atheistischen Sowjetmacht. Auch die besorgniserregenden gefährlichen Jahre der Perestroika sind vorbei. Sie brachten aber auch etwas Gutes: Langsam kehrte der Glaube an Gott zurück.

Erst zaghaft, danach immer schneller wurden die zweckentfremdeten Kirchen wieder hergestellt und neue wurden gebaut anstelle früheren Kulturhäuser.

Fünf Minuten später bei der Rückfahrt sah ich wieder den sich eilig fortbewegenden Geistlichen am Rande der Autolawine.

Ich bremste neben ihm und öffnete die Türe meines Busses. Er war überrascht. Damit hatte er nicht gerechnet.

„Schnell steigen Sie ein", lud ich ihn ein.

Er freute sich, blieb aber im Eingangsbereich stehen und fragte: „Sie sind wahrscheinlich ein Gläubiger?"

„Ja, aber ein Lutheraner."

„Wie heißt bei euch ein Geistlicher?"

„Bei Lutheranern und Evangelischen ist es ein Pfarrer, bei Katholiken ein Priester.

„Die Menschen sind alle vor Gott gleich."

„Hauptsache wir sind Christen."

„Es war schön, dass Sie angehalten haben. Sehr angenehm. Danke."

„Haben die Menschen den Glauben an Gott verloren?"

„Tief in ihren Seelen ist er geblieben. Das Volk hat keine Schuld daran, dass die Religion verboten wurde."

„Ihre Gemeinde ist wahrscheinlich nicht besonders groß?"

„Ja, es sind nicht so viele, aber es kommen immer mehr Gläubige dazu."

Ich hielt den Bus dort an, wo er aussteigen wollte. Bevor der Geistliche weiterging, schlug er ein Kreuz über meinem Kopf mit den Worten: „Behüte dich Gott, guter Mensch!"

Es waren einige Jahre nach diesem denkwürdigen Treffen vergangen. Nach einer einigermaßen gut überstandenen Krise, die im Leben jedes Menschen passiert, dachte ich dankbar an die Worte des Geistlichen: „Ich wünsche dir einen guten Schutzengel, guter Mensch!"

Jetzt lebe ich in Deutschland. Wenn auch nicht oft, aber ab und zu gehe ich in die Kirche. In diesem Land war die Religion nie verboten, sie ist ein Teil der Kultur. In christlichen Kirchen werden die Kinder zwei Jahre lang auf die Konfirmation vorbereitet und lernen die Bibel kennen. In den Kirchen gibt es Bibliotheken, fast überall - Chöre, es gibt kostenlose Konzerte und Vorträge. Für Erwachsene und Kinder werden oft Laientheatergruppen oder Gruppen, in denen man strickt, nähen oder kochen lernen kann, organisiert...

Zu großem Bedauern nimmt aber die Zahl der Kirchgänger ab - nicht nur in Deutschland, sondern in ganz Europa. Dafür werden immer neue Moscheen ziemlich schnell gebaut und sie sind immer voll.

Ist der christliche Glaube in Europa bedroht?

Bekenntnis zur Sünde

An einem sonnigen Herbsttag trafen sich zwei Freunde. Sie begrüßten sich, tauschten ein paar unbedeutende Bemerkungen aus. Dann gingen sie nebeneinander weiter und erzählten sich ihre Familienneuigkeiten. Bald erreichten sie den Wald.

Über das bunte Laub unter den Füßen zu schlendern war besonders angenehm. Abram erzählte lebhaft über seinen Nachbarn, der gerne etwas über den Durst trank: „So ein sonderbarer Mensch! Geld für eine Flasche findet er immer, aber die Familie leidet darunter…"

„Wir sind alle nicht ohne Sünde", antwortete Alex nachdenklich. Er war mittelgroß, schlank und sehr besonnen.

Abram war zwar fünfzehn Jahre jünger als er, aber dies tat ihrer Freundschaft keinen Abbruch.

„Meinst du, du hast nie gesündigt?" fragte Abram.

„Natürlich habe ich gesündigt!"

Sein Begleiter lachte laut: „Du bist mir einer!"

Er war im Gegensatz zu Alex stämmig, hoch gewachsen, trat stolz auf und lachte gern.

„Bist du ein Heiliger?"

„Nein, aber auch kein Sünder."

„Wieso bist du dir so sicher?"

„Ganz einfach, ich habe einfach nie im Leben gesündigt."

„Abram, wie kann es sein, dass du mit deinen 59 Jahren keinen beleidigt hast oder belogen und am Steuer immer nüchtern gefahren bist?"

„Ich habe nie gelogen, keinen ausgeraubt oder getötet. Ich kann gut Auto fahren und habe noch nie einen Unfall gehabt, auch wenn ich ab und zu etwas getrunken hatte. Es ging immer gut", antwortete Abram selbstsicher.

„Ja, es geht manchmal lange Zeit gut, aber ein Unglück kann jede Zeit passieren. Es braucht nur ein kleiner Fehler oder eine Unachtsamkeit sein, was auf der Autobahn schnell passieren kann, ohne dass du es verschuldet hast. Und du wirst schuld sein, wenn die Expertise belegt, dass du getrunken hast. Wenn es beim Unfall ein Opfer gibt, dann wirst du verurteilt und musst für einige Jahre in den Knast." Alex schwieg eine Weile und setzte seine Überlegungen fort: „Kannst du dich erinnern, wie du angegeben hast, wie oft du deine Liebchen gewechselt hattest?"

„Ja, das war einmal, aber ich habe doch keine Frau vergewaltigt. Sie machten es mit mir freiwillig. Das ist alles Quatsch! Wie man sagt: Wer vor Wölfen Angst hat, sollte nicht in den Wald gehen." Abram sprach mit einer gewissen Überlegenheit und Selbstachtung: „Ich versorge meine Familie gut. Schaffe es, alles bei der Arbeit und zu Hause zu erledigen. Habe immer noch gute Nebenjobs. Ich kann jedes Elektrogerät in meinem Haushalt reparieren – vom Rasierapparat bis zur Waschmaschine oder zum Fernseher."

„Du bist, natürlich, ein guter Spezialist, keine Frage. In meinem Verständnis kann es auch nur eine kleine Sünde sein, aber es ist halt eine Sünde."

Alex bemühte sich, dies alles im freundlichem Ton zu sagen: „Vielleicht ist schon dass eine Sünde, wenn man nicht zugibt, gesündigt zu haben. Sei bitte nicht beleidigt, aber ich habe irgendwo gelesen, dass die Fehler, die man wiederholt, zu Gewohnheit werden und später - zum Teil des Charakters."

Das Herbstlaub knirschte unter ihren Füßen. Die Sonne schien besonders angenehm mild, und wärmte die friedlichen Passanten.

Abram schwieg eine Weile nachdenklich, ließ in seinem Kopf das Gespräch Revue passieren. Ein leichter Wind riss die Blätter von den Bäumen und begleitete sie bis zu ihrer Landung auf der Mutter-Erde.

„Alex, glaubst du an Gott?" fragte Abram.

„Ehrlich gesagt, weiß ich es nicht genau. In der Sowjetzeit wurden wir fast alle unfreiwillig zu Atheisten, aber irgendwo in der Seele, in meinem Inneren, bin ich wahrscheinlich doch gläubig.

Ich denke oft, dass gläubige Menschen es leichter haben im Leben."

„Wieso denkst du so?"

„Ein Gläubiger wendet sich in schwierigen Situationen an Gott, und dann geht es ihm dann besser. Er ist nicht allein mit seiner Last! Er hat jemanden, mit dem er sprechen und um einen Rat in einer sehr persönlichen Situation bitten kann. Der Gläubige ist sicher, dass er nicht verurteilt wird, dass es kein anderer mitbekommt und ist so zufrieden. Und so was ist sehr wichtig."

„Ach, Alex, du hast meine Seele unruhig gemacht. Ich habe über solche Sachen nie nachgedacht. Wahrscheinlich hast du Recht. Mit zunehmendem Alter werden wir weiser. Eigene Fehler zuzugeben ist nicht einfach, geschweige denn, sie als Sünde zu empfinden… Es gibt vieles, worüber ich nachdenken muss."

Erleuchtungen

Bald trafen sich Alexander und Abram wieder bei einem Wasserrad in der Stadt Bad Wörishofen, in der sie inzwischen heimisch geworden waren. „Mir lässt unser vorheriges Gespräch keine Ruhe", sagte Abram nachdenklich.

„Ich muss immer wieder über den Glauben an Gott nachdenken. Komme aber immer wieder zu der Überzeugung, dass es keinen Gott geben kann in der modernen Welt."

„Ich glaube an das Gegenteil", widersprach Alexander ruhig. „Ist es nicht verwunderlich, dass sogar die Astronauten an Gott glauben?"

„Deshalb ist auch in meinem Kopf so ein Wirrwarr. Wieso glauben oft die Reichen und Erfolgreichen nicht an Gott, die armen und kranken Menschen aber sind hauptsächlich Gläubige. Wo bleibt die Gerechtigkeit?"

„Unser Leben ist hauptsächlich unter der Sowjetmacht verlaufen, die gegen die Religion war und nicht mal 100 Jahre überlebte… Jetzt haben viele suchende Menschen wieder zu Gott gefunden. Also braucht man die Religion. Im Riesenland Russland werden alte Kirchen restauriert und neue gebaut, und es gibt immer mehr Kirchenbesucher. Die Gotteshäuser sind voll."

„Ich denke, man kann an Gott glauben und es ist auch gut so. Aber wozu diese vielen Kirchen und ein ganzes Heer von Geistlichen, die nichts leisten, aber sehr gut leben?"

„Und ich denke, dass die Kommunisten, als sie an der Macht waren, zwar den Glauben verboten, aber die Geistlichen durch ihre Parteiarbeiter ersetzt haben. Sie versprachen statt im Himmel das Paradies schon auf der Erde. Man musste nicht die Bibel, sondern die Grundlagen des wissenschaftlichen Kommunismus studieren. Aber gesiegt hat der Glaube an Gott, nicht der Kommunismus."

„Das ist alles sehr überzeugend, aber trotzdem – wozu so viele Kirchen?"

„Der Mensch braucht nicht nur eine Familie, sondern auch Freunde, Gleichgesinnte. Nur Letztere können echte Freunde sein. Die Gläubigen gründen ihre Gemeinden und treffen sich in der Kirche. Eigentlich kennen die Leute in den Gemeinden einander ziemlich gut, wohnen alle auch nicht allzu weit von der Kirche entfernt. Sie finden immer Themen, um miteinander zu kommunizieren."

„Schau mal, da kommt Andrej!", rief plötzlich Abram. „Er geht beständig in die Kirche. Fragen wir mal ihn, wozu die teuren Kirchen gut sind. "

Andrej trat näher zu ihnen und wunderte sich über ihre Frage: „Männer, ihr seid aber merkwürdig. Und wozu leben wir eigentlich? Wozu und was essen wir? Es scheint eine dumme Frage zu sein, ist aber Nahrung für die Seele, weil wir denkende Wesen sind. Wir studieren, ergreifen Berufe, lesen Bücher, schauen verschiedene Programme und Filme im Fernsehen. Aber was wir noch dringender brauchen ist gegenseitiger Austausch unter Gleichgesinnten. In der Kirche bin ich unter Menschen, die mir im Geiste nah sind. Wir sind alle gleich vor Gott, aber nicht vor dem Vorgesetzten."

„Es ist alles schön und gut, aber wozu braucht man eigentlich dazu die Kirchen? Man kann ja auch ohne sie an Gott glauben?"

„Die Kirche ist der Raum, in dem wir uns treffen. Wir hören uns Predigten zu verschiedenen Themen an. Das ist ja genau dasselbe wie ein Vortrag. Dort werden verschiedene Veranstaltungen organisiert, Begegnungen mit interessanten Menschen, Konzerte, Kirchenfeste werden dort gefeiert. Die Kirche war und bleibt ein Kulturort. An Gott erinnert man sich am meisten, wenn man Probleme mit der Gesundheit oder seelische Wunden hat. Bei den Gläubigen gibt es kaum Scheidungen, dafür aber mehr Kinder. Wenn ein Gläubiger Probleme hat, wendet er sich an Gott. Ein Ungläubiger greift oft zur Flasche, um sich zu beruhigen. Seelische Schmerzen sind schwer heilbar und die Klöster sind wahrscheinlich auch deshalb entstanden, um solchen Menschen zu helfen.

Alexander widersprach aufgeregt: „Nun, das ist eine Utopie. Ein Kloster und ein Krankenhaus sind nicht das gleiche."

„Ich bin damit nicht einverstanden. Ins Kloster gingen meistens einsame Menschen und auch seelisch Kranke. Geheilt wurden sie durch Gebete und Arbeit. Sogar Faulpelze mussten im Kloster arbeiten. Die Klöster sind keine Utopie, sondern eine Rettung für viele, die in ihren irdischen Problemen fast ertrunken sind."

„Seit Tausenden von Jahren wurden die Klöster wie Burgen gebaut, als Zufluchtsort vor den Feinden. Dort gab es immer auch reiche Bibliotheken. In die Stille der Klosterzellen zog es damals wie heute Schriftsteller und Wissenschaftler, die nach Ruhe suchten. Dort stört sie keiner, aber auf Wunsch findet man einen Gesprächspartner und die Bibliothek ist nebenan.

"Abram verstummte, meinte dann nachdenklich: „Merkwürdig, ich kann es nicht verstehen, was mit mir geschieht: Wahrscheinlich braucht man die Kirchen doch und an Gott muss man einfach glauben."

Kurgespräche

Zwei Frauen lernten sich im Kurort Bad Wörishofen kennen und gingen oft zusammen spazieren. Sie endeckten viel Interessantes. Neben dem Bahnhof war neben einem Café ein schöner Springbrunnen. Die Tische für Besucher standen um ihn herum. Das Sprudeln des Wassers verführte zum Träumen und Reden. Spontan entschlossen sie sich, an einem Tisch Platz zu nehmen sie bestellten beide ein Eis.

Eine der Freundinnen – die grauäugige Susanna – war sehr schlank. Die zweite mit rosigen Wangen hieß Alma und war vollschlank. Ein ungezwungenes Gespräch über Heilmethoden und die Schönheit der Stadt plätscherte ruhig dahin wie ein Bächlein im Wald.

Alma schaute immer wieder zur Susanna und fragte:

„Du bist vierzehn Jahre älter als ich, siehst aber viel jünger aus, so schlank und gelenkig."

„Nun ja, jetzt bin ich schlank, aber früher war ich viel runder als du."

„Wie ist es dir gelungen schlang zu werden?"

„Man muss es sehr wollen…"

„Ich möchte es gerne tun, aber schaffe es nicht."

„Der Wunsch allein reicht nicht. Man muss auch einiges dafür tun."

„Ich bin nicht faul und arbeite viel, aber es klappt einfach nicht."

„Versuche weniger zu essen, aber nicht von heute auf morgen, sondern langsam und halte dich daran. Das Problem ist, wenn wir ständig etwas essen, vergrößert sich dadurch das Magenvolumen und das verstärkt den

Appetit und wir vergrößern die Portionen. Meine Mutter sagte immer, man muss mit dem Essen aufhören, wenn es am besten schmeckt."

„Ach, ich bin leider nicht so willensstark."

„In meiner Kindheit und Jugend, war ich oft krank. Einmal kaufte ich mir ein nicht besonderes ansehnliches Buch mit dem Titel „Wenn du gesund bleiben willst" und es hat mich gesund gemacht.

„Wie kann ein Buch gesund machen?"

„Es war ein besonderes Buch. Dort wurde darüber erzählt, wie man richtig atmen, sich bewegen, ernähren und schlafen soll. Das Wichtigste ist, sich mehr bewegen, laufen, spezielle Übungen machen."

Alma antwortete nachdenklich: „Mit der Ernährung ist alles einigermaßen klar, aber für Spaziergänge und Sportübungen habe ich viel zu wenig Zeit.

„Wo ein Wille ist, gibt es immer einen Weg. Beginne erst im Zimmer mit hoch erhobenen Oberschenkeln zu marschieren und bewege die Arme dazu im Takt. Du kannst auch auf der Stelle laufen. Am Anfang vielleicht nur einige Minuten. Nicht sofort zu viel machen. Verlängere die Übungszeit langsam. Wenn du dich am Anfang übernimmst, hältst du es nicht durch… Mit Geduld und Spucke…"

„Ich denke, wenn mein Mann oder Kinder es sehen, wie ich mit Händen und Füßen wedeln werde, verliere ich unter ihrem Spott die Lust es zu machen…", seufzte Alma.

„Du kannst ja zuerst versuchen etwas zu machen, wenn keiner zu Hause ist und später, wenn du dich daran gewöhnt hast, wirst du selbstbewusster," antwortete Susanne.

„Kannst du mir ein paar Übungen zeigen?"

„Aber gerne. Ich kann dir auch eine Kopie mit der Beschreibung der Atemübungen geben. Vergiss nicht, dass die Eile schädlich sein kann. Probiere erst ein oder zwei Übungen aus und wiederhole sie einige Male. Langsam kannst du dich steigern, wenn alles leicht und richtig klappt, noch etwas hinzufügen. Diese Übungen sind sehr effektiv."

„Danke für das schöne Gespräch. Ich glaube, es ist Zeit für das Abendbrot. So schnell ist die Zeit verflogen. Wir dürfen nicht zu spät kommen."

***

Am nächsten Tag trafen sich die Freundinnen bei einem anderen Springbrunnen, beim Denkmal für den Pfarrer Sebastian Kneipp in seiner echten Größe, der in der Mitte eines Platzes in der Fußgängerzone steht. Dank dieses Mannes wurde die Stadt zu einem Kurort. Die Frauen nahmen Platz auf einer Bank in der Nähe des Springbrunnens.

Die Schönheit der Fontäne besteht nicht nur aus dem Plätschern des Wassers. Die Wasserspiele dämpften auch den Lärm ringsum, reinigen die Luft und bereichern sie mit Sauerstoff, was alles wichtig für die Wiederherstellung der Gesundheit ist.

Erst genossen die Frauen die Umgebung schweigend, aber bald brach Alma die Stille mit einer Frage: „Ich habe viel über Meditationen gehört, aber weiß nicht ganz genau, was das ist."

„Ich habe mal eine Sage gelesen", antwortete Susanna nachdenklich und fuhr fort: „In der Kirche war dem Pfarrer ein Mann aufgefallen, der etwas abseits von allen Besuchern saß. Ihm kam es vor, als ob er eingedöst sei. Nach dem Gottesdienst trat der Pfarrer näher und fragte:

„Worüber denken sie nach? Brauchen Sie vielleicht Hilfe?"

„Danke für die Aufmerksamkeit. Ich unterhalte mich einfach mit Gott", antwortete der Mann.

„Was sagen Sie ihm denn?"

„Ich höre, was er mir sagt."

„Und was sagt er?"

„Er hört mir zu."

„Irgendwie habe ich nichts verstanden", wunderte sich Alma.

„Dieser Zustand ist Meditation. Wir sind alle in Eile, angespannt und deshalb ist es wichtig zu lernen, sich zu entspannen. Vergessen den Alltagstrott, die Welt rings-um, in die Stille eintauchen, lernen, die Stille zu hören…"

„Das klingt alles etwas phantastisch…"

„Liebe Alma, ich glaube ich habe schon vor zehn Jahren mit Yoga und Meditationen angefangen. Ich bin sicher, dass es wahr ist, worüber ich spreche."

„Weist du was, Susanna, lass uns in die Kirche gehen. Wir müssen mal nachfragen, wo es eine evangelische Kirche gibt und zum Gottesdienst gehen."

„Gute Idee, ich wollte es dir auch vorschlagen. Aber du warst schneller."

Auf dem Konzert

Vor kurzen besuchte ich ein Konzert, das von Russlanddeutschen aus in meiner Nachbarstadt Kaufbeuren organisiert wurde. Ich lebe schon seit drei Jahren in der schönen Kurstadt Bad Wörishofen, hatte aber das erste Mal so ein schönes Konzert erlebt. Ich erwartete nichts Besonderes. Zu meiner Begeisterung und Verwunderung war ich so von den seit meiner Kindheit mir bekannten Liedern überwältigt, dass ich heimlich ein paar Tränchen wegwischte. Ich musste dabei an meine Eltern und Verwandten denken, die diese aus dem fernen Deutschland von ihren Vorfahrten mitgebrachten Lieder mit viel Sehnsucht und Liebe gesungen hatten. Und dies hat ihnen geholfen in den Jahren der Deportation und Vertreibung in de Sowjetunion ihre Identität zu bewahren. Diese Lieder singen nun ihre Enkelkinder. Genau solche die Seelen bewegenden Lieder hörte ich auf diesem Konzert.

Der Chor russlanddeutscher Laienkünstler hat im Repertoire neben deutschen so auch bekannte und beliebte russische Lieder. Wir sind in einem Vielvölkerstaat in der Sowjetunion aufgewachsen. Wir haben unsere deutsche Kultur nicht vergessen, aber einiges aus der Kultur anderer Völker, auch der russischen, mitgenommen.

Ich lebe fast 20 Jahre in Deutschland, aber Summe oft russische Lieder aus den früheren Zeiten. Deshalb war ich auch so aufgewühlt auf dem Konzert. Ich musste an meine Eltern denken und an Begebenheiten aus den 50 Jahren, die ich in russischen Breiten gelebt hatte. In Deutschland, Heimat unserer Vorfahren, leben wir in jeder Hinsicht besser als in Russland, aber ein Stück meiner

Seele ist doch „drüben geblieben. Ich erinnerte mich plötzlich an ein Lied von Schainskij und Ostrovoj "Habt ihr mal gehört wie Drossel singen?"

Habt ihr mal gehört, wie Drossel singen?
Nicht für Ruhm, fürs Herz die Stimmen schwingen...

So singen unsere russlanddeutschen Künstler, die solche Volkslieder bewahren, singen nicht des Ruhmes wegen, sondern für die Seele.

Besonders gefiel mir der Gesang einer Vokalgruppe aus sieben Frauen unter der Leitung von Olga Fries. Eine glänzende Interpretation der Lieder, wunderbare Stimmen und Trachten, die sie fünf Mal wechselten und alle selbst auf eigene Kosten angefertigt hatten.

Die Kinder aus der Tanzgruppe kamen bei den Zuschauern sehr gut an. Die kleinen Tänzer mit glänzenden Augen gaben ihr Bestes und ihre Freude am Tanzen ließ keinen gleichgültig. Eine Mädchentanzgruppe unter der Leitung von Elena Palamar, die extra für die Proben aus dem 80 Kilometer entfernten München kommt, hatte eine ziemlich komplizierte Choreographie gut einstudiert.

Insgesamt 19 Mitglieder hat diese Tanzgruppe, unter ihnen auch sieben Solisten. „Woher haben die wunderbare Tanztrachten?" fragte ich bei der Leiterin und erfuhr, dass sie von zwei Frauen, Ljubov Heid und Lydia Wagner, aus dieser Gruppe angefertigt wurden. Jemand suchte die notwendigen Stoffe aus, es wurde zusammen beraten, wie die Kleider auszusehen hatte. Das alles hat die Frauen auch einander näher gebracht.

Ich dachte an meine Schulzeit, als ich im Kulturhaus einen Tanzkurs besuchte. Dessen Leiter und der Musiker waren Profis und wurden vom Staat bezahlt. Es gab auch andere Abendzeiten im Kulturhaus. Es gab Chöre für Kinder und Erwachsene.

Wir Deutsche aus Russland leben jetzt im reichen Deutschland, wir sind zufrieden, aber hier muss man für alles selbst bezahlen. Es muss sich erst ein Mensch mit Organisationstalent finden, Raum muss gefunden, die Menschen müssen zusammengehalten werden. Das Schwierigste für Viktor Wegner und seine Stellvertreterin Ljubov Heid war, die Menschen zu überreden, mitzumachen, zu den Proben zu kommen, Zeit dafür zu finden. Das haben sie geschafft. Trotz aller Schwierigkeiten pflegen sie die Kultur von zwei großen Völkern - die Russische und die Deutsche.

Gut gelaunte Freunde

Es fuhren zwei Freunde los, um Geschenke für ihre geliebten Frauen zu suchen. Während Edmund der am Fahren war, wurde Arthur etwas unwohl und er nickte unbemerkt ein. Immer wieder hob er den Kopf, um ihn im nächsten Moment wieder langsam zu senken. Am Steuer beäugte ihn der Fahrer belustigt, ließ ihn aber in Ruhe schlafen. Plötzlich, völlig unerwartet, musste Edmund unfassbar dringend niesen. Er holte unwillkürlich so viel Luft, wie er nur konnte und nieste. Aber so dermaßen laut, das der schlafende Arthur von solch unerwarteten Umständen völlig verstört in alle Richtungen schaute. Für ihn war das ungewohnt lautstarke Niesen wie ein Donnerschlag aus einem zuvor wolkenlosen Himmel. Er konnte einfach nicht verstehen, was da eben vor sich gegangen war. Es schien, als sei etwas nicht Nachvollziehbares, Schreckliches passiert.

„Was ist geschehen? Ein Unfall?", rief der noch immer perplexe Arthur.

„Alles ist gut, nichts ist passiert"

„Und was war *das* dann?"

„Was?"

„Es hörte sich an, wie ein lauter Schrei!"

„Aber ich sagte doch, da war nichts"

„Wie, da war nichts?"

„Ich habe einfach genießt", sagte Edmund lachend.

„Du bist auch noch so frech und lachst! Warum hast du mich denn nicht vorgewarnt?"

„Ich konnte einfach nicht anders. Es war ein Versehen. Angst einjagen wollte ich dir sicher nicht. Aber wenn du dich mit deinen vor Schreck weit aufgerissenen Augen hättest sehen können, hättest du selber lachen müssen! Entschuldige"

„Nach deinem Niesen kann man als Stotterer enden! Ich habe mich so stark erschrocken, dass ich immer noch nicht ich selbst bin! Schäm dich!"

Ein Schweigen breitete sich aus.

„Versuch mich bitte das nächste Mal zu warnen", grummelte Arthur schon freundlicher.

„Na, du Schreckhafter, erklär lieber, warum du keine Mäuse bekommst."

„Solche, wie du, bekommen Läuse! Geld muss man verdienen! Ich erzähle dir jetzt was von Früher, denn ich habe vorhin von den ersten Tagen in Deutschland geträumt", plauderte er fröhlich und setzte seine Erzählung fort: „Dies ist vor meinen eigenen Augen geschehen: Im Lager für die Aussiedler marschierte ein über den Umzug zufriedener Opa mit seinem Enkel. Fest hält er sein unbezahlbares Wunder an der Hand, damit der ruhelose, flinke Enkel nicht davonlaufen konnte. Beide schauten neugierig die Umgebung an. Es sind nur zwei Tage seit der Reise aus Russland in das historische Land der Vorfahren, Deutschland, vergangen. Überall waren fremde Leute. Alles war unbekannt und erstaunlich. Plötzlich blieb sein Enkel stehen, schaute mit erschrockenen Augen herauf und fragt:

„Opa, wie heiße ich nun?"

„Lass uns das Mama fragen", flüsterte der Opa verlegen. „Ich habe es vergessen"

Nach einiger Zeit gingen sie wieder zusammen die Hände haltend und leise in der vertrauten russischen Sprache redend entlang. Dabei holten den Opa Ereignisse von längst vergangenen Jahren ein. Er erinnerte sich, wie man ihn zu Beginn des Krieges im Alter seines Enkelkindes mit seiner geliebten Mutter und seinen zwei Schwestern ins weit entfernte, kalte und völlig fremde Sibirien geschickt hatte. Der kleine Wissensdurstige stellte ihm währenddessen unaufhörlich Fragen. Der Opa versuchte, sie tapfer zu beantworten. Jedoch war ihm Einiges selber unklar. Wogende Erinnerungen erregten immer noch seinen Verstand. In jenen Zeiten musste man so schnell wie es nur ging, vom Deutschen ins Russische umlernen. Jetzt war es umgekehrt, man musste das fast in Vergessenheit geratene Deutsch wieder lernen. Unerwartet fragt eine Passantin:

„Sprechen Sie Deutsch?"

„А як-же!", sagte er ohne Hemmungen.

„Bitte was haben Sie gesagt?", fragte die Dame erstaunt.

„Entschuldigen Sie bitte…", murmelte der Alte verwirrt auf Russisch und ging mit seinem Enkel weiter. Der neugierige Knirps, der unbedingt alles wissen musste, stellte natürlich wieder leise eine Frage:

„Opa, was wollte diese Frau?"

„Ach, das habe ich selbst auch nicht wirklich verstanden, mein Liebling Wowa"

„Opa, ich heiße jetzt Waldemar!"

„Gut, Waldemar, mit dir, mein lieber Enkel, schaffen wir Alles!"

Unruhig fragte der Kleine:

„Opa, heißen wir noch Tschepurschenko??"

„Der Nachname wird bei dir und deiner Mama jetzt, wie auch bei mir früher während meiner Kindheit, ein echter deutscher sein: Weidenbach. Übersetzt ins Russische heißt das so viel wie *ивовый ручей*, es klingt viel schöner, also kannst du stolz auf unseren Familiennamen sein, mein teurer Enkel." So beendete Arthur schließlich seine lustige Erzählung.

(aus dem Russischen von Stephanie Lauer)

Männergespräche

An einem schönen Tag fuhren zwei Freunde in das Nachbardorf zum Einkauf. Beide waren aus der ehemaligen Sowjetunion gekommen und lebten mittlerweile seit fünf Jahren in Deutschland. Es schien alles in bester Ordnung zu sein. Eine Arbeit hatte es ziemlich schnell gegeben und die Wohnungen waren gemütlich. Allerdings verspürten sie trotz der guten Lebensumstände Sehnsucht nach der früheren Heimat. Denn in dem nun so fernen Land hatten sich die prägendsten, unvergesslichen aber nicht wieder-kehrenden Lebensjahre abgespielt. Inzwischen hatten sie neue Freunde gefunden, die dasselbe Schicksal mit ihnen teilten. Die deutsche Sprache fiel bedauerlicherweise schwer, die Russische anderseits blieb für immer im Gedächtnis.

Die geschwungene Straße bahnte sich ihren Weg durch die Landschaft, kam ausladend entgegen. Das Wetter war traumhaft, das Gemüt ausgeglichen. Und so nahm das Gespräch seinen Lauf.

„Gestern habe ich mich mit Viktor getroffen", sagte Walodja mit ruhiger Stimme, „Die arme Seele macht sich Sorgen um die Kinder, aber die Ex-Frau Elisabeth kümmert es kein bisschen, sie denkt die ganze Zeit nur an sich.

„Ja, ich kenne dieses umherreisende Weib", bekräftigte Nikolei seinen Freund, „Sie ist nie zu Hause, die ganze Zeit irgendwo zu Besuch oder auf mehrtägigen Ausflügen mit ihrem Liebhaber."

„Einmal spät am Abend", knüpfte Walodja behutsam an das bisherige Gespräch an, „hörte Viktor plötzlich ein seltsames Klopfen hinter der verschlossenen Wohnungstür. Zusätzlich hatte er den Eindruck einen jaulenden Welpen zu hören. Er öffnete den Hauseingang und war komplett verblüfft, denn vor ihm stand sein Jüngster, der gerade mal zehn Jahre alt war, komplett durchnässt, durchgefroren und leise weinend.

Viktor rief aus, was mit Arthur passiert sei und wollte wissen, mit wem er unterwegs gewesen war. Ihn habe sein Bruder Erich geschlagen und er sei deswegen zu Fuß zu seinem Vater Viktor gelaufen.

Dieser umarmte daraufhin seinen Sohn stürmisch und fing schnell an, ihm die nassen Klamotten auszuziehen. Ohne lange zu zögern, duschte er ihn anschließend warm und zog seinem Sohn trockene Kleidung an.

Ob Arthur sich denn nicht gefürchtet habe, im Dunkeln eine so weite Strecke alleine zu laufen? Zum Glück habe er sich nicht verlaufen.

Es sei besonders beängstigend geworden, als es dunkelte, meinte der kleine Junge noch immer schluchzend.

Wann sei seine Mama denn weggefahren, fragte Viktor weiter nach. Sie sei vorgestern abgereist und habe den Kindern versichert, sie komme in etwa drei Tagen wieder zurück nach Hause.

Schließlich gab Viktor seinem Sohn etwas zu essen und schenkte ihm heißen Himbeertee ein, den Arthur so gern mochte. Danach legte der Vater sein erschöpftes, geliebtes Kind ins Bett, mit Körperwärme und väterlicher Liebe umhüllend.

Anscheinend vergnügte sich die Mutter mit ihrem Geliebten auf einer weiteren Reise während die Kinder mal wieder alleine zu Hause zurückgeblieben waren. Arthur hatte einen großen Bruder namens Erich, dieser war jedoch geistig zurückgeblieben und war grob zu ihm, er konnte beim Spielen oft zwicken, schubsen oder gar schlagen. Der Jüngste konnte diese schwierige Situation natürlich irgendwann nicht mehr länger alleine aushalten und floh aus reiner Verzweiflung zu seinem Vater um Schutz zu suchen ohne die späte Tageszeit, die weite Entfernung oder das schlechte Wetter zu beachten. Unterwegs hatte ihn dann wohl der Regen eingeholt...", ergänzte Walodja seine Erzählung mit diesen Schlussfolgerungen, „Da muss man bestimmt sieben Kilometer oder mehr laufen und das auch noch bei Dunkelheit, Kälte und Matsch. Allein schon bei der Vorstellung graut es mir schon vor dem, was das Kind erleben musste. Wie konnte diese Mutter nur ihre Kinder tagelang unbeaufsichtigt lassen? Übrigens rechtfertigte sie sich später damit, dass die Nachbarin versprochen habe, auf die Kinder aufzupassen. Jene hat aber selbst eine eigene Familie mit Kindern. Eine fremde Frau mit drei eigenen Kindern hat weder Zeit noch sonderlich viel Lust. Vergnügungen mit dem reichen Geliebten machen natürlich mehr Spaß, aber es sind doch die eigenen Kinder! Es gibt keine Rechtfertigung für dieses leichtsinnige Weib!", sagte Walodja empört, „Viktor hat mir von diesem Ereignis mit Tränen in den Augen berichtet. Es müht sich auf der Arbeit ab, hat dazu noch einen Nebenjob und liebt seine Kinder, denn er bemüht sich um seine Jungs und versucht alles Menschenmögliche."

Still fuhren sie weiter, jeder in sich gekehrt und über den gemeinsamen Freund besorgt. Beide waren nachdenklich. So kamen sie schließlich langsam am Laden an.

„Weißt du, ich habe es mir nochmal durch den Kopf gehen lassen, wie ein Kind bei Regenwetter und Dunkelheit alleine durch den Wald gehen kann. In einer solchen Situation fürchtet sich sogar ein Erwachsener.

Viktor tut mir unfassbar leid, er bemüht sich doch so sehr um seine Kinder. Elisabeth hat aber weder Sorgen noch Verpflichtungen ihnen gegenüber. Und trotzdem scheint es ihr gut zu gehen, sie ist zufrieden. Fremden Kummer kann man nicht teilen.

(aus dem Russischen von Stephanie Lauer)

Ein erfüllter Wunsch

Arnold war seit der Grundschule ein guter Schüler. Obwohl er ein Deutscher war, durfte er auch zu den Pionieren gehören. Seit seiner Kindheit malte er gerne und las Bücher.

Als er in der 5. Klasse in die Mittelschule kam, arbeitete dort als Direktorin Soja Vasiljewna, die ihren Vater, Bruder und Ehemann während des Krieges verloren hatte. Sie lebte zusammen mit ihrer Tochter, die kurz nachdem ihr Mann an die Front musste, geboren wurde.

In der Nachkriegszeit gab es viele Menschen mit physischen und seelischen Wunden, die nur sehr langsam heilten. Die Direktorin, gelinde gesagt, mochte die deutschen Schüler nicht, was Arnold negativ beeinflusste. Auf einmal wurden seine Noten immer schlechter und schlechter, aber Lesen und Malen mochte er immer noch gerne. Es waren seine Lieblingsbe-schäftigungen an jedem Abend, bevor die Eltern ihn ins Bett schickten. Leider hatte ihm keiner gesagt, dass er seine Bilder und Portraits nicht aus den Büchern kopieren sollte, sondern von der Natur. Er malte mit einem einfachen Bleistift, Naturbilder mit farbigen Stiften.

Er hörte begeistert seinem Freund zu, der mit den Eltern in der Tretjakov-Bildergalerie und im Scheremetjev Palast in Moskau gewesen war. Er hatte seine Erinnerungen für sein ganzes Leben behalten. Besonders gut hatte sich der wissbegierige Junge zwei Bildbe-schreibungen eingeprägt. Auf einem Bild war eine schwerkranke Frau im Bett dargestellt. Dieses Bild befand sich in einem Extrazimmer und den Besuchern kam es vor, als ob es dort sogar nach Arznei roch. Das andere

Bild war noch verwunderlicher: ein Berg aus Menschen-schädeln.

Arnold malte mit Begeisterung. Die Mutter hängte die Portraits ihres Sprösslings an die Wand und zeigte sie stolz den Gästen. Nach dem Umzug bewahrte die Mutter seine Bilder in einem vom Sohn gemachten Koffer auf, worin sich früher ein kaputtes Grammophon befunden hatte. Das Leben war nicht einfach und leider hatte der Junge keine Möglichkeit sein Talent zu entwickeln. Nur die Mutter bewahrte viele Jahre den Koffer mit den Bildern ihres einzigen Sohnes auf dem Dachboden auf.

In den Sommerferien kamen ihre Enkel jedes Jahr zu Besuch, die sich gerne und mit Begeisterung die Bilder ihres Onkels anschauten. Dann wurde Omas Schatz wieder vorsichtig bis zum nächsten Besuch in den Koffer gepackt. Sie kamen gerne zu den Großeltern, da gab es so viel Interessantes. Oma und Opa freuten sich immer sehr, wenn sie kamen und die Kinder spürten diese Liebe.

Mit 24 Jahren verliebte sich Arnold und heiratete. Er liebte und verwöhnte seine Frau, las ihr jeden Wunsch von den Augen ab. Sie lebten unter einem Dach mit Arnolds Eltern. Bald bekamen sie einen Sohn Andreas, der natürlich zum allgemeinen Liebling wurde. Als der Junge gelernt hatte zu laufen, sagte seine Frau zu Arnold: „Wozu liegt dieser Koffer auf dem Dachboden umsonst herum? Ist es nicht an der Zeit, dem Sohn dessen Inhalt zu zeigen?"

Die Großmutter versuchte zu erklären, dass der Enkel noch zu klein sei und er die Schönheit der Bilder noch nicht richtig einschätzen könnte, aber die Schwieger-tochter gab nicht nach und holte den Koffer. Nach einiger Zeit waren die Bilder alle verschwunden. Viele Jahre trauerte die Oma ihrem verlorenen Schatz nach. Die

Kinder von Arnold haben so auch nicht erfahren, was in dem Koffer gewesen war. Er selbst erinnerte sich aber oft an diesen Koffer und daran, wie gern er in der Kindheit gemalt hatte. Das Schicksal wollte nicht, dass er ein Maler wurde.

Doch er bekam für seinen Fleiß und gute Arbeit als Preis eine kostenlose Reise nach Moskau zu der großen Allunionsausstellung der Errungenschaften der Volkswirtschaft der Sowjetunion geschenkt. Arnold verbrachte in Moskau fünf Tage und erfüllte sich seinen Kindheitstraum: er besuchte die berühmte Tretjakov-Bildergalerie, über die so begeistert sein Schulfreund erzählt hatte. Er fand sogar das Bild mit der kranken Frau und das von dem russischen Maler Wereschtschagin gemalte Bild mit dem Berg aus Menschenschädeln. Neben dem Bilderrahmen lass er die Widmung des Malers allen großen Kriegsführern und Aggressoren – den gegenwärtigen und den zukünftigen.

Die Zeit eilt, läuft uns davon, egal welche Alltagsprobleme und Freuden wir haben. In unserem Leben hat alles seine Zeit. In der jungen Familie wuchsen zwei Söhne heran. Irgendwann merkte Arnold, dass sein zwei Jahre jüngerer Sohn Paul besonders gut malt. Er dachte an seinen geplatzten Kindheitswunsch, Maler zu werden und wollte das Talent seines Sohnes unterstützen. Er bat seine Frau, die Bilder ihres Sohnes einer bekannten Malerin zu zeigen. Die Frau lehnte es kategorisch ab, sie wünschte nicht, dass ihr Sohn ein Berufsmaler wird. Die Farben wären schädlich für die Gesundheit.

Arnold war anderer Meinung und dachte darüber nach, wo die Fähigkeiten des Sohnes anwendbar wären. Er erzählte seinen Freunden und Arbeitskollegen darüber. Ein Bekannter riet ihm, mit dem Lehrer Gorschkov zu sprechen, der früher in der Mittelschule Kunst unterrichtete. Es dauerte eine Weile bis Arnold den Lehrer überredet hatte seinem Sohn Privatunterricht zu geben. Der Lehrer lehnte es zuerst ab, meinte, dass die Eltern immer ihre Kinder zu sehr hoch loben.

„Aber Paul kann wirklich gut malen."

„Das sagen alle, antwortete der Lehrer.

„Aber sie haben ja seine Bilder noch nicht gesehen."

„Ich bin ein schlechter Lehrer."

Arnold blieb hartnäckig und konnte den sturen alten Maler doch überreden. Der willigte ein, sich seines Sohnes anzunehmen und seine Fähigkeiten zu überprüfen: „Gut, bring deinen Liebling zu mir, ich kann mir anschauen, was der Junge kann, aber ich kann ihn nicht lehren. Wenn er tatsächlich talentiert ist, dann finden wir für ihn einen echten Meister."

Die nächste Aufgabe war jetzt, den Sohn zu überreden, beim Unterricht mitzumachen. Mit viel Geduld war dieser Arnold gelungen. Nach zwei Wochen sagte der alte Maler zu ihm:

„Dein Sohn hat tatsächlich eine große Begabung, ein echtes Talent, das weiterentwickelt werden muss. Ich kann es leider nicht, aber es gibt in unserer Stadt zwei wunderbare Meister: Gontscharov ist ein sehr guter Maler und der andere, der Hellwig, ist nicht so ein begabter Maler, aber ein sehr guter Pädagoge. Ich kann dir ihre Adressen geben, aber sag nicht, dass du von mir kommst. Wie du mit ihnen überein kommst, ist dein Problem."

Arnold erkundigte sich über diese zwei Maler, die er überhaupt nicht kannte. Nach Gesprächen mit den Bekannten entschied er sich für den Hellwig und besuchte ihn.

Ihr Gespräch dauerte ziemlich lange, aber endete positiv. Wieder musste der Vater seinen schüchternen Sohn überzeugen, dass dieser Unterricht wichtig sei für seine Zukunft. Auch der alte Lehrer Gorschkov half ihm dabei.

Der Unterricht bei dem wunderbaren Pädagogen führte zu ausgezeichneten Ergebnissen. Paul ging gerne zum Maler Hellwig zum Malunterricht.

Die achte Klasse hatte der zukünftige Maler erfolgreich beendet. Im Frühjahr sagte der Maler zu Arnold: „Ich weiß leider nicht, welche Voraussetzungen es bei der Kunstfachhochschule gibt, aber du findest es bestimmt heraus und ich werde dann deinen talentierten Sohn gut darauf vorbereiten. Es wäre besser so. Da kommt er weiter."

Wieder lief der Vater herum und bat Verwandte und Bekannte um Rat, bis er einen Dozenten dieser Kunstfachhochschule kennenlernte, dessen Datscha sich nicht weit von seinem Haus befand. Dank der fachmännischen Auskunft des Dozenten wurde der Unterricht entsprechend vom Maler Hellwig ausgerichtet.

Dann gab es aber andere Probleme. Im Land des totalen Defizites war es sehr schwierig, für alle Maler notwendige Utensilien zu finden und zu kaufen.

Solange die Kinder in der Schule waren hatte der Vater keinen Kummer. Die Schulprobleme erledigte hauptsächlich die Mutter. Jetzt hing vieles vom Vater ab, von seinen Kontakten und seiner Kommunikationsfähigkeit. Arnold musste immer wieder nach Bleistiften verschiedener Graphitstärken, Zeichenpapier, Rahmen, Staffel, Farben, Grundierungsfarben und Fachbücher suchen. Er begleitete den Sohn zu allen Prüfungen. Seine väterliche Fürsorge hatte sich gelohnt. Weiterhin schaffte Paul alles ohne fremde Hilfe und mit viel Erfolg. Seine Bilder zum Semesterabschluss kamen alle in die Sammlung der Kunstfachhochschule. Für das letzte Semester bekam er sogar als einziger ein erhöhtes Lenin-Stipendium.

Dann kamen die Abschlussprüfungen.

Paul erlernte den Beruf des Graphik-Designers, aber ihm lag die Bilderkunst mehr am Herzen. Er stellte einen Antrag für die Diplomarbeit mit der Bitte, ein Bild dafür anzufertigen, der aber nicht genehmigt wurde. So entschied er sich, zwei Diplomarbeiten gleichzeitig zu machen.

Das Besondere dabei war, dass beide Arbeiten die besten Noten bekamen und sie wurden beide fürs Diplom anerkannt und eingetragen.

Leider bekam er von der Kunstfachhochschule keine Empfehlung für das Studium an der Kunstakademie in Moskau, weil die Kasachen in ihrer Republik bevorzugt wurden.

Arnold, der in der Jugend davon geträumt hatte, Maler zu werden, war stolz auf seinen Sohn, der es geschafft hatte. Obwohl es auch Probleme gab, hatte er seinen Traum erfüllt und geschafft, ein guter Maler zu werden.

Sein älterer Bruder Andreas immatrikulierte sich im selben Jahr fürs Landwirtschaftliche Institut und schaffte es, ohne jede Hilfe ein ausgezeichnetes Diplom mit besten Noten zu bekommen.

Nach einiger Zeit zog die Familie mit beiden Söhnen in ihre historische Heimat, nach Deutschland. Andreas und Paul konnten in Deutschland Dank ihrer erlernten Berufe auch entsprechende Arbeit bekommen.

Vergesslichkeit

Zwei Freunde trafen sich eines Tages wieder und begannen ein Gespräch. „Ich möchte dir etwas aus früheren Zeiten erzählen", begann Artur ironisch. „Ich besuchte meinen alten Freund. Wir haben in der Sowjetunion früher beide als Busfahrer gearbeitet. Er lebt mit seiner Frau Lydia schon sechs Jahre in Deutschland. Beide haben eine Arbeit gefunden, etwas Geld zusammen gespart und ein neues Auto gekauft. Es war natürlich eine große Freude. Sie konnten sich nicht satt schauen an ihrer angenehmen Anschaffung.

Früher hatten sie seine Schwiegereltern oft gegen Abend, besucht - zu Fuß, da sie nicht weit von ihnen wohnen. Dann wollten sie so gerne mit den Eltern ihre Freude teilen, stiegen ins Auto und fuhren hin. Arnold und Lydia blieben ziemlich lange dort, es wurde spät. Zufrieden mit dem Besuch gingen sie dann nach alter Gewohnheit zu Fuß nach Hause. Morgens schaute Lydia mit glücklichem Lächeln aus dem Fenster, um das Auto zu bewundern. Doch das Auto war nicht da. Sie schrie entsetzt: „Man hat unser Auto geklaut! "Was sind das für Aprilscherze!" murmelte der schlaftrunkene Mann. „Steh doch, bitte, mal schneller auf!" sagte Lydia und weinte fast. Er begriff, dass seine Frau es ernst meinte und im nächsten Augenblick stand er schon vor dem Fenster. „Solche Schurken! Und man sagt doch, dass in Deutschland nicht geklaut wird. Wir müssen sofort die Polizei anrufen. Sie riefen die Polizei an. Liefen in der Wohnung erschrocken herum und jammerten um das vermisste Auto.

Bald kam ein Anruf von der Polizei. Man teilte ihnen die Adresse der Straße mit, in der das Auto gefunden worden war. Nach kurzem Überlegen verstanden sie, dass es die Adresse ihrer Eltern war. Erst dann erinnerten sie sich, dass sie dorthin mit dem neuen Auto gefahren waren, um es ihnen zu zeigen. Sie hatten sich dort lange unterhalten und dann waren sie nach alter Gewohnheit zu Fuß nach Hause gegangen. Schleunigst machen sie sich auf den Weg zu den Eltern. Alle lachten noch lange über diesen Vorfall und wunderten sich über ihre Vergesslichkeit. So ein Wunder. Man hat gut zu lachen, wenn alles gut gegangen ist.

Zu Fuß von der Arbeit

„Artur, du wirst es nicht glauben, aber ich habe auch einmal mein Auto total vergessen. Ich ging auch fast immer zu Fuß zur Arbeit. Mit dem Auto fuhr ich nur selten. Einmal kam ich trotzdem mit dem Auto zur Arbeit und stellte es ab. Nach meiner Schicht wartete auf mich draußen ein Kollege. Wir unterhielten uns und gingen langsam zusammen nach Hause. Ich wollte nach dem Abendessen schlafen gehen und als meine Frau fragte, wo das Auto ist. Nur dann erinnerte ich mich, dass ich morgens mit dem Auto gefahren war und dies in der Hektik des Tages vergessen hatte. Ich hatte keine Lust dazu, aber ich musste noch einmal zurück zu Fuß zur Arbeit gehen, um das Auto abzuholen. Es war peinlich, aber was soll's. Es kann jedem Mal passieren in dieser Welt, die voller Wunder ist!

Wie begrüßt man jemanden?

Ich erinnerte mich vor kurzem an meine Begegnungen mit echten Bayern, als ich als Hausmeister im Schloss arbeitete. Eine Arbeiterbrigade besserte die Straßen aus. Der Vorarbeiter begrüßte mich jeden Morgen freundlich mit irgendwelchen für mich unverständlichen Wörtern. Ich war in Hochdeutsch noch nicht so gut, aber der bayrische Dialekt war für mich noch komplizierter. Eines Tage bat ich den Vorarbeiter, etwas langsamer und verständlicher zu sprechen.

Er wiederholte das Gesagte. Ich gab mir alle Mühe, aber verstand trotzdem nichts. Dann fragte ich bei den Kollegen, wie man noch jemanden begrüßen könnte. Sie zählten ruhig auf:

„Guten Morgen! (Доброе утро! Auf Russisch „Dobroje utro!")

„Guten Tag! (Добрый день! „Dobryj den'!)

„Hallo! (Привет! „Privet!")

„Wie geht's (Как дела? „ Kak dela?")

„Servus! (Как дела? Wie geht es?")

„Grüss Gott! (Dasselbe auf Russisch: „Здравствуй! Благослови тебя Бог." „Sdravstwuj, Blagoslavi tjebja Bog!)

„Mahlzeit! (Привет, приятного аппетита! „Privet! Guten Appetit")

Das kannte ich alles schon, aber der Vorarbeiter hatte mich irgendwie anders begrüßt. Als meine Freunde aus München mich besuchten, echte Einheimische aus Bayern, bat ich sie, mir zu erklären, wie man dort grüßt. Mein Freund wiederholte alles, was ich schon kannte.

„Nein, er grüßt anders", widersprach ich. Der Alte dachte kurz nach und sagte, dass die in Bayern das „r" komisch aussprechen, deshalb hätte ich sie nicht verstanden. Sie sagen: „Ich habe die Ehre".

Das leuchtete mir ein, weil es genau dem Inhalt des russischen Militärgrußes entsprach und ich rief erfreut dasselbe auf Russisch: „Честь имею!" (Tschest' imeju!")

Während unseres Gespräches standen wir neben einem Jagdhaus mit einer Skulptur eines Elchkopfes auf dem Giebel. Ich schaute mir den Kopf an und mir kam es vor, als ob der Elch mir mit einem Auge zuzwinkerte. Ich dachte: „Es kann nicht sein!" Ich schaute noch mal genauer hin.

„Das Biest zwinkert!", sagte ich meinem Gesprächspartner.

Er rief: „Es kann nicht sein!"

Wir gingen etwas abseits, der Kopf zwinkerte trotzdem. Was für ein Wunder! Es konnte nicht sein, aber er zwinkerte! Wir blieben stehen, rätselten herum, wie oder was es sein könnte. Plötzlich flatterte aus dem leeren Kopf des Elches ein Spatz heraus. Das Zwinkern hörte auf. Also hat das Vögelchen wahrscheinlich die Feder geputzt, sich bewegt und heraus geschaut. Das interessante Schauspiel war zu Ende. So eine einfache Erklärung für das vermeintliche Wunder.

Neid

Sie hatten beide schöne Grundstücke mit Garagen und lebten in einem städtischen Doppelhaus. Einer der Nachbarn, namens Gavril, war ein etwas untersetzter kräftig gebauter Mann. Er hatte einen listigen neugierigen Blick, war arbeitsam und ein guter Gesprächspartner. Er konnte nicht nur geflissentlich reden, sondern auch gut zuhören. Er war der beste Fräser und Meister im Betrieb, sein Foto hing auf der Ehrentafel. Gavril galt als guter Kamerad, der auch in der Freizeit immer von Menschen umgeben war, mit denen er seine Lebensweisheiten austauschte.

Doch langsam fühlte er sich überlegen, glaubte besser als die anderen zu sein und wurde überheblich.

Neben diesem zweistöckigen Haus hinter einem niedrigen Zaun befand sich ein Privathaus mittlerer Größe. Alle Zeit neben seiner Arbeit benutzte Oskar, der Besitzer des Hauses, um es fertig zu stellen. Er schuftete bis spät in die Nacht, ohne sich zu erholen, auch an Wochenenden.

Gavril lebte in einer komfortablen städtischen Mietwohnung, die er dank seines Schwiegervaters, einem hohen Parteimann bekommen hatte. Er beobachtete oft, wie sein Nachbar sich abmühte und dachte mit Schadenfreude: „So ein Dummkopf, sich so abzurackern, wie ein Esel!"

Oskar war ein Workaholic, größer und vielleicht zehn Jahre jünger als sein Nachbar, schlank, still und gutmütig. Er arbeitete bei einer Baufirma als Schweißer.

Ihre Beziehung war normal, aber neutral - befreundet waren sie nicht.

Anfang der 90er Jahre begann das schlimme Chaos der Perestroika. Viele Betriebe und Fabriken wurden geschlossen, Kolchosen verschwanden. Es gab immer mehr Arbeitslosigkeit, Korruption und Kriminalität. Doch es fanden sich auch immer mehr Menschen mit Unternehmergeist. Irgendwie versuchte man zu überleben. Wer ein Auto hatte, benutzte es als Taxi, einige Hauseigentümer betrieben Kleintierzucht mit Kaninchen oder Nutrias. Es entstandenen kleine Nähbetriebe, in denen Wintermützen oder verschiedene Kleidungsstücke hergestellt wurden.

Oskar begann Autos zu reparieren, schaffte nach und nach die notwendigen Instrumente, ein Elektroschweißgerät und einen Gasbehälter, an. Es schien, dass sein Durchhaltevermögen, Fleiß und Können ihm immer mehr Kunden brachte. Er schuftete ohne Scheu vor schwerer dreckiger Arbeit, ohne Urlaub und Erholung an Wochenenden. Im Wirtschaftsanbau züchteten seine Frau und er ein paar Schweine, im Garten bauten sie Gemüse, Kartoffeln, Möhren, Himbeersträucher und Erdbeeren an. Kurz gesagt, sie kamen gut über die Runden, waren nicht reich geworden, für das Notwendigste aber reichte es.

Allmählich weckte das den Neid bei Gavril, der nur eine kleine Rente bezog, die noch einmal nicht regelmäßig ausgezahlt wurde. Er betrachtete die wohlhabend gewordene Nachbarn und wurde nachdenklich: 'Wieso ist das so? Der ehemalige Schweißer verdient gutes Geld. Ich war eine Respektperson, ein guter Spezialist und komme nicht weiter. Mir geht es immer schlechter...'

Er hatte ein eigenes Auto Schiguli gehabt, schon in den Sowjetzeiten, lebte damals besser als viele andere. Jetzt aber war alles genau umgekehrt: Oskar, früher ein einfacher Bauarbeiter, verdiente nun mehr als er und es ging ihm besser. Dabei kam Gavril nicht auf den

Gedanken, dass es ihm selbst gelungen war, in der Perestroika-Zeit seine Wohnung vom Staat sehr günstig zu privatisieren und seine Haushälfte war sogar größer als das Haus von Oskar. Sein Nachbar hatte nichts geschenkt bekommen und die Perestroika hatte ihm nur die Arbeitslosigkeit gebracht. Das Gute empfindet man immer als selbstverständlich.

Gavril wurde immer neidischer auf seinen Nachbarn, obwohl er genau so ein Grundstück hatte und Wirtschafts- räume, aber er war zu stolz, dort etwas anzubauen und hatte auch keine Lust zu schuften und ein Risiko einzugehen. Ihm fehlten Geduld und Unternehmergeist. Man sagt im Volk: „Mit Geduld und Arbeit, kann man alles überwinden". Nur so kann man die Familie ernähren.

Man hatte sich im Sowjetland daran gewöhnt, dass der Staat eine Arbeit mit einem normalen Einkommen garantierte. Man wurde dabei nicht reich, schaute aber mit Zuversicht in die Zukunft. Jedoch die Zeiten hatten sich geändert, waren schwieriger geworden, man musste selbst aktiv werden und bekam nichts geschenkt. Die harten, dem Sowjetbürger nicht geläufigen Gesetze des Kapitalismus begannen sich durchzusetzen und machten viele unsicher und ängstlich. Nicht jeder hatte den Mut, mit etwas Neuem bei Null anzufangen, auch Gavril nicht. Der Neid auf den Nachbarn ließ ihm keine Ruhe, nicht mal nachts im Schlaf, wo er auch von dem erfolgreicheren Oskar träumte. Sich einfach mit ihm zu unterhalten und zu beraten ließ sein Stolz nicht zu.

Eines Nachts wachte Gavril auf und ging hinaus, um frische Luft zu schnappen. Er wohnte am Stadtrand fast am Ende der Straße, hinter der Brachland lag, mit seltenen Sträuchern, die näher zum Fluss hin wuchsen. Das Wetter war regnerisch, mit sich langsam verstärkenden Windstößen. Er machte einen Bogen um sein Haus und sein feindseliger Blick fiel auf die Nachbargarage, die offen stand. Er schaute sich um, die Straße war menschenleer, ringsum alles still. Er fasste einen Entschluss und kletterte über den niedrigen Zaun, schaute sich vorsichtig um und trat in die fremde Garage ein. Er sah Oskars Werkzeuge, Schlüssel, sein Schweißgerät, Sauerstoffbehälter, Verlängerungskabel... Der Neid nahm überhand. Er schleppte die Instrumente und Schläuche zum Zaun und warf sie auf seine Seite, sah aufgeregt nach rechts und links und sprang selbst zurück über den Zaun. Angespannt hörte er in die Stille hinein. Alles war ruhig. Dann kam ihm der Gedanke, dass er das Diebesgut nicht zu Hause aufbewahren könnte, es könnte jemand sehen. Also musste er alle Beweise vernichten. Er beschloss, alles einfach in den Fluss zu werfen. Beim Bücken krümmte er sich unter der schweren Last, stolperte, sah sich verängstigt um und wünschte sich nur eins – nicht ertappt zu werden. Als er alles in den reißenden Strom geworfen hatte, beruhigte er sich und dachte schadenfroh: „So, Oskar, das ist das Ende deiner Blütezeit."

Als er nach Hause zurückkam, blieb er vor dem Eingang stehen, schaute sich um wie ein Angsthase. Keiner war zu sehen oder zu hören. Alles war ruhig. Der Neid und die Schadenfreude ließen nicht nach. Er wurde dreister und schaute sich noch mal in der Nachbargarage um. Der Sauerstoffbehälter ließ sich unter dem Zaun an seine Seite kullern, aber sonst war er ziemlich schwer. Er überlegte einen Moment, wie er ihn bis zum Fluss transportieren könnte und erinnerte sich, dass er eine kleine Karre hatte. Gabriel brachte den Sauerstoffbehälter auch zum Ufer und warf ihn in den Fluss.

Das Wetter hatte sich inzwischen noch mehr verschlechtert. Der Wind heulte immer stärker, plötzlich krachte der Donner, den nächtlichen Himmel durchzuckte ein Blitz nach dem anderen. Voller Schreck lief er nach Hause und erinnerte sich erst auf halbem Wege, dass er seine Karre am Strand vergessen hatte. Trotz des schlimmen Unwetters, lief er am Ufer hin und her, konnte sie aber nicht finden. Wahrscheinlich hatte eine Windböe seine Karre einfach vom steilen Ufer in den Fluss gestoßen. Der Donner und die Blitze hörten nicht auf, es krachte so, als ob der Himmel zweigeteilt würde, und der Regen durchnässte den ungeschickten Dieb bis auf die Knochen. Er eilte zurück, stolperte und fiel in den Matsch, dabei stellte er fest, dass er sich seinen Fuß verstaucht hatte. Er rappelte sich mit Mühe auf und humpelte nach Hause voller Schreck um das Geschehene.

Als seine Frau ihn sah, fragte sie voller Angst: „Was ist passiert?"

„Lass mich in Ruhe."

„Wo warst du?"

„Ich weiß es selbst nicht."

„Du bist so blass und nass".

„Egal…"

„Was ist mit deinem Fuß?" fragte die Frau.

Gavril schwieg, als ob er vor Schreck das Sprechen verlernt hätte. Dann flüsterte er etwas Unverständliches, ohne jeden Zusammenhang. Wie vom Blitz getroffen, schämte er sich plötzlich über das, was er getan hatte. Ein Zweifel stieg in ihm auf, warum er es überhaupt getan hatte… Warum er fremdes Eigentum begehrt und vernichtet hatte.

Der Fuß tat weh und dunkel war es in seiner Seele. Er ekelte sich und bereute, dass er das Diebesgut nicht behalten hatte und dem Nachbarn so was angetan hatte.

Der Teufel flüsterte ihm ins Ohr: „Du hast alles richtig gemacht. Wieso soll irgendein ehemaliger Schweißer Geld wie Mist haben. Da habe ich einen Erfolgreichen ein bisschen bestraft..."

Eine ganze Woche ließ er sich draußen nicht blicken, fühlte sich krank und verwirrt. Manchmal meldete sich sein Gewissen. Immer wieder tauchte ein lästiger Gedanke auf: „Diese Zwiespältigkeit bringt mich nicht weiter, kann nur noch schaden..." Die Sorgen ließen ihm keine Ruhe. Er begann immer öfter ins Gläschen zu gucken Doch das brachte auch nicht die ersehnte Ruhe. Immer wieder tauchten in seinem Gedächtnis die Bilder der fernen Nacht auf: Der dunkle Himmel, die grellen Blitze, der Regenguss. „Sollte selbst der Himmel gegen seine Tat gewesen sein?" In seinem Kopf schwirrten immer diese Gedanken. Wenn er sich betrank, wurde er ruhiger und dachte schadenfroh: „Das geschah dem Nachbarn recht. Ich habe alles richtig gemacht". Er vergaß den grausamen Himmel. Der stolze wunderbare Spezialist verwandelte sich in einen Alkoholiker.

Für Oskar war es eine schlimme Zeit. Ohne seine Geräte und Werkzeuge, nur mit bloßen Händen konnte er nicht viel verdienen. Es war zum Verzweifeln. Er zerbrach sich den Kopf, wie es weitergehen solle. Da hatte er eine neue Idee. Er begann Käfige herzustellen und Nutrias zu züchten und lernte das Fell zu gerben. Seine Frau und treue Helferin in guten wie in schlechte Zeiten nähte daraus Wintermützen.

Ende der 1980er Jahre sahen die Erbauer des Kommunismus ein, dass der Glaube doch notwendig ist. Es wurden alte Kirchen renoviert und neue gebaut. Der Glaube vereinigt das Volk und stärkt den Staat. In den Siedlungsgebieten der Russlanddeutschen wurden auch verschiedene Kirchen gebaut: lutherische, katholische und baptistische. Seine liebe Frau versuchte ihn von den Sorgen abzulenken und betete für ihn. Er erinnerte sich dass er in seiner Kindheit getauft wurde und ging mit zur Kirche. Dort ging es ihm besser. Die Zeit heilt manche Wunden und Enttäuschungen. Immer mehr Russlanddeutsche begannen damals nach Deutschland in das Land ihrer Ahnen auszuwandern. Die organisierte Kriminalität und Korruption in Russland wucherten. Viele sahen keinen anderen Ausweg und fuhren mit Freude weg, andere aber zögerten und verließen dann doch traurig die Orte, in denen sie ihr halbes Leben verbracht hatten. Sie mussten oft ihre Häuser stehen lassen oder verkauften für einen Apfel und ein Ei ihr so schwer erworbenes Hab und Gut.

Nach ein paar Jahren, nachdem Oskars Werkstatt ausgeraubt worden, war übersiedelte auch Oskar mit seiner Familie nach Deutschland.

Ausweglosigkeit

Artur war der einzige Sohn und der jüngste in der Familie mit bis dahin drei Töchtern. Nach dem Krieg landeten sie in einer kleinen Stadt, in welcher der größte Teil der einheimischen Russen und deutscher Sondersiedler unter Tage bei der Kohleförderung arbeitete.

Er war ein aufgeweckter, kontaktfreudiger Junge. Die Mutter und besonders der Vater machten sich Sorgen um den Sohn und passten auf, dass er sich nicht in irgendwelche Schlägereien, die keine Seltenheit waren, verwickeln ließ. In der Nachkriegszeit war die Beziehung zwischen den Russen und den Russlanddeutschen noch ziemlich angespannt, daher auch diese Sorgen.

Der Vater mahnte Artur: Wenn er eine Rauferei anzetteln würde, bekäme er auch zu Hause noch eine Strafe. Die Mutter wiederholte immer: "Der Klügere gibt nach."

Es gab ab und zu kleinere Handgreiflichkeiten zwischen den Jungs, aber Artur war zurückhaltend und versuchte, sich nicht provozieren zu lassen. Mit 16 Jahren hatte er die Schule und die Anfeindungen dort satt und beschloss, in der Hauptstadt des Gebietszentrums eine Berufsausbildung als Bauarbeiter zu machen. Mit der Ausbildung klappte es ganz gut, nur seine Zurückhaltung und das Nachgeben vor den stärkeren Auszubildenden machten seine Lage fast ausweglos - er wurde ständig gehänselt und erniedrigt. Er war der einzige Deutsche in der Gruppe und fühlte sich dem Anführer Dmitrij Bulaev förmlich ausgeliefert. Dieser war stark, frech, gut gebaut, hatte immer etwas an Artur auszusetzen und machte ständig grobe Späße auf dessen Kosten. Die ganze Clique machte dabei nur zu gerne mit.

Aus Tagen wurden Monate, die Beleidigungen häuften sich, wurden immer unerträglicher. Artur dachte oft darüber nach, was er unternehmen könnte, um sich aus dieser ausweglosen Situation zu befreien: „Die machen mich fertig. Ich halte es nicht mehr aus... In einer Schlägerei würde ich gegenüber der Clique unterlegen sein, die vermöbeln mich so, dass ich mich selbst im Spiegel nicht erkenne. Aber diese ständigen Demütigen machen mein junges Leben zur Hölle. Was soll ich nur tun?"

Es war lebensnotwendig, etwas zu unternehmen. Langsam begannen seine Gedanken um verschiedene Arten der Gegenwehr zu kreisen.

In der Berufsschule bekamen sie für praktische Einsätze auf Baustellen einige Werkzeuge: ein Beil, eine Handsäge und einen Hammer. Nach der Arbeit musste man sie dem Meister zurückgeben, und am nächsten Morgen wurden sie ihnen wieder ausgehändigt.

Artur beschloss nach langen Überlegungen, dass er sich mit dem Hammer wehren würde: "Ich haue Bulaev mit dem Hammer mit einem starken Schlag um. Vielleicht muss ich auch ein paarmal zuschlagen ..."

Ihm war natürlich bewusst, dass er bei einem Wutanfall wahrscheinlich seinen Verstand schlecht kontrollieren und es vermutlich sogar zum Totschlag kommen könnte.

„Ja, ich muss zu allem bereit sein", dachte er. „Der Hammer mit einem langen Griff wiegt dreihundert Gramm. Wenn ich ihn gegen den Kopf treffe..." Aber einen anderen Ausweg gibt es nicht. Egal, ob ich im Bau lande oder nicht. Ich habe keine Angst mehr. Auch nicht vor einem Gefängnis."

Er hatte plötzlich Mut gefasst und spürte in sich eine innere Kraft für diesen Befreiungsschlag. Er tat sich selbst auch nicht mehr leid, aber wenn er an seine Eltern dachte, wurde ihm schwer ums Herz, und ein Kloß schnürte den Hals zu.

Es wäre nicht auszudenken, wie viele Tränen seine arme Mutter vergießen und wie der Vater und die Schwestern seine Tat treffen würde. Wie sie sich alle auf seine Besuche an Wochenenden freuten, wie viele Fragen sie stellten und ihm über ihrem Alltag berichteten. Einmal kam er im Winter erst spät abends zu Hause an. Artur fuhr zuerst fast eine ganze Stunde in einer halbleeren, sehr kalten Straßenbahn zum Bahnhof. Ganz verfroren stieg er an einer Zwischenhaltestelle aus und lief zu Fuß bis zum nächsten Halt. Unterwegs hatte er sich etwas aufgewärmt und schaffte es gerade noch, in die nächste S-Bahn einzusteigen um beim Bahnhof den Zug zu erreichen.

Im Zugabteil war es warm. Gegen Mitternacht kam er in seinem Städtchen an und musste noch eine Viertelstunde zu Fuß nach Hause laufen. Als er total verfroren an der Tür des Elternhauses anklopfte, schliefen sie bereits. Die älteste Schwester war schon verheiratet und weggezogen. Ihm öffnete die mittlere Schwester. Sie half ihm, die wattierte Winterjacke auszuziehen, und lud ihn ein, sich an den Tisch zu setzen. Die Schwester schenkte Artur ein halbes Glas Wodka ein und meinte: „Trink - nach so einer entsetzlichen Kälte ist das ein Arzneimittel für dich. Du bist ja kein Kind mehr. Hauptsache, du übertreibst es niemals, trinkst in Maßen. Zu viel Alkohol ist Gift für den Körper. Und jetzt iss etwas."

Sie stellte ihm eine Tasse Tee mit Himbeermarmelade hin und bereitete sein Bett für die Nacht vor. Der gute Rat seiner Schwester blieb für immer in seinem Gedächtnis und hatte eine größere Wirkung als irgendein langer

Vortrag über Trinksucht. Solche Begegnungen vergisst man nicht.

Die euphorischen Erinnerungen über seine heiß geliebte Familie waren aber getrübt durch seine Entscheidung, durch die er den Eltern und Schwestern viel Leid bescheren würde.

„Meine Geduld ist am Ende. Ich werde sonst verrückt. Wenn auch das Schrecklichste passiert und ich zum Mörder werde, morgen werde ich mich wehren", dachte Artur, sich unruhig im Bett wälzend, bis er in einen kurzen, schweren Schlaf versinken konnte.

Am nächsten Morgen waren die nächtlichen Gedanken schlagartig wieder da, aber er hatte sich endgültig entschieden und schob die letzten Zweifel beiseite. Als Artur nach dem Frühstück die Werkzeuge erhalten hatte, ging er mit dem Hammer in der Hand in den Hof. Er dachte nicht daran, selbst Dimitri zu überfallen, aber wartete unruhig auf den Moment, wo der mit seinen Hänseleien wieder anfangen würde. Um seinen Rücken zu schützen, lehnte sich Artur gegen die Wand. Als sein Gegner immer näher kam, nahm Artur seinen ganzen Mut zusammen und rief wütend und selbstsicher: „Nun, komm, komm näher! Versuch es mal! Mach schon!"

Dimitri war ein starker Dorfbursche, der es verstand, Blutungen bei kleinen Schnittwunden zu stillen. Er blieb stehen. Eine innere Stimme warnte ihn wahrscheinlich vor der drohenden Gefahr. Schweigend ging er zur Seite. Gerade in diesem Moment kam das Auto auf dem Hof gefahren, das die Gruppe zur Baustelle bringen sollte. Der Meister rief laut: „Was ist los? Schnell alle ins Auto!" Wahrscheinlich hatten alle verstanden, dass es mit den Scherzen und Demütigungen gegenüber Artur vorbei und bitterer Ernst gewesen war. Alle schwiegen und ließen ihn in Ruhe. Unterwegs war er so nervös, dass es ihm heiß und kalt wurde. Seine Nerven waren angespannt wie Saiten, die jeden Moment bei kleinster Gefahr reißen könnten. Die allgemeine Stille war sehr bedrückend. Da keiner wagte, etwas zu sagen, beruhigte Artur sich langsam und schwieg auch.

Zwei Tage später versuchte einer aus der Bulaevschen Clique seinen Mut zu beweisen, und fragte Artur laut und frech: „Du, Halbstarker, was schweigst du? Meinst vielleicht, dass du unbesiegbar geworden bist?!" Artur sprang empört auf und strafte ihn für alle frühere Demütigen mit einem Schlag ins Gesicht, dass beim Spötter die Nase begann strak zu bluten.

„Ihr sollt mich einfach in Ruhe lassen!" sagte Artur wütend.

Seit diesem Vorfall wagte keiner mehr, ihn zu demütigen. Er selbst war auch nicht unnötig frech. Die restlichen fünfzehn Monate seiner Ausbildung verliefen ruhig. Mit Dimitri hat er sich sogar angefreundet.

Betrug einer Wahrsagerin

Nach langem Überlegen beschloss Albert, in seine Heimat zu reisen, wo er seine barfüßige Kindheit verbracht hatte. Er war schon über siebzig und die Seele zog ihn dorthin, an den Ural, „die Stütze, der Beschützer und Schmied des Landes". Seine Kinder versuchten ihn von dieser Idee abzubringen: „Allein zu fahren ist viel zu gefährlich. Es ist ein langer Weg. Das Land ist ganz anders geworden. Deine Gesundheit ist nicht mehr die Beste, es kann Probleme geben. Du hast ja im Südural weder Verwandte, noch Freunde."

Deshalb dachte Albert lange nach. Er war vor fast zwanzig Jahren nach Deutschland ausgewandert, ein reiches Land mit Hochkultur, das Land seiner Ahnen, seine historische Heimat. Es war dort inzwischen wirklich viel passiert in dieser Zeit. Die Sowjetunion gab es nicht mehr. Aus dem großen Land waren fünfzehn selbstständige Republiken geworden.

Doch er hatte solche Sehnsucht danach, sie ließ ihm keine Ruhe. Es kamen so viele schöne Erinnerungen hoch. Trotz aller Gegenargumente beschloss er, sich auf den Weg zu machen.

Und siehe da, bald war Albert in Tscheljabinsk im Hotel „Süd Ural". Es war fünf Uhr morgens. Er war zufrieden. Es hatte ja geklappt, in der Novemberdunkelheit aus dem Flughafen ins Hotel zu kommen. Das Sprechen auf Russisch hatte er nicht verlernt. Hier, in der ehemaligen Heimat, gab es überall hilfsbereite freundliche Menschen. Er fuhr nicht mit dem Taxi vom Flughafen, sondern mit einem normalen Linienbus, um mit den Mitfahrenden zu sprechen. Deshalb musste er sich, als er in der Stadt angekommen war, bei Passanten durchfragen, wo sich das Hotel befindet. Er war natürlich ziemlich müde, aber es war dafür alles so interessant!

Am nächsten Tag ging er zum Bahnhof. Es war ein ganz neues Gebäude, vom alten waren nur Erinnerungen geblieben. Er ging herum und sah sich um.

Albert erinnerte sich, dass es in seiner Jugend neben dem Bahnhof immer Zigeunerinnen gab, die sich mit dem Wahrsagen beschäftigten. Zufällig sah er neben sich, dem begeisterten Gaffer, eine Frau, mit sonnengeküsster Haut, die sehr einer Zigeunerin ähnelte. Neben ihr war ein etwa sechsjähriges Kind. Sie war wohl schwanger. Vielleicht tatsächlich eine Zigeunerin?

Die Neugier des Reisenden stieg. Vor vielen Jahren haben die Zigeunerinnen die Passanten belästigt mit ihrer Wahrsagerei. Aber merkwürdig: In seinen 73 Jahren wollten sie ihm nie etwas über sein Schicksal verraten, sogar, wenn er selbst sie darum bat. Das hat ihn enttäuscht. Sie nahmen seine Hand, schauten sich seine Handfläche aufmerksam an, lächelten geheimnisvoll und sagten: „Leben wirst du lange, sehr lange", aber sie waren nicht bereit etwas mehr zu erzählen, ohne den Grund zu erklären.

Die Zigeuner bringen ihren Kindern sehr früh allerlei Arten der Bettelei bei. Jemanden zu betrügen ist für sie keine Schande, sondern bringt das Lob der Ihren ein. In vielen Jahrhunderten des Nomadenlebens haben sie vieles gelernt. Es gibt unter ihnen echte Spezialisten mit außergewöhnlichen Gaben der Hypnose und des Wahrsagens. Sie sind ein Volk, das zusammenhält. Wenn eine Zigeunerin irgendwo auftaucht, beobachtet sie unbemerkt von den Passanten andere Zigeuner.

Die Zigeunerin mit dem Kind bewegte sich ohne Eile und sie unterhielten sich lebhaft. Der gut gelaunte

Reisende, voller Erinnerungen und neuer Eindrücke, war seelenruhig.

„Möchtest du mir wahrsagen?" fragte er sie neugierig.

„Nein, wahrsagen werde ich dir nicht, lieber Mensch, aber ich kann dir doch etwas sagen."

„Nun, erzähl mal!"

„Du hast viele Neider. Hast viel in deinem Leben erreicht... Doch Einsamkeit verfolgt dich. Deine Kinder sind schon erwachsen, Enkel hat Gott dir auch gegeben", sprach die Frau mit ruhiger herzlicher Stimme.

Bald erreichten sie den Busbahnhof. Vorne bei einem großen Parkplatz stand auch ein geschlossener Kiosk. Sie hielten an seiner Kehrseite an.

„Stell dich ganz nah zur Wand", sagte die Zigeunerin. Sie redete über etwas Alltägliches und riss plötzlich mit einer schnellen Bewegung Albert ein paar Haare vom Kopf. Dann sagte sie mit einer etwas merkwürdigen herzlichen Stimme: „In ein paar Stunden werden deine Haare die Farbe ändern und werden grün. Die sollst du in einen Geldschein einwickeln."

„Wahrscheinlich beginnt auf mich ihre verfluche Hypnose zu wirken", tauchte der beunruhigende Gedanke im Kopf des naiven Reisenden auf. „So ein listiges Biest! Interessant, was kommt weiter?" Er zog seine Geldbörse heraus und bereute, dass er sein Geld nicht etwas verteilt hatte, nur die Euroscheine waren in einer anderen Abteilung.

Er nahm einen Hundert - Rubel - Schein (einen kleineren hatte er nicht) und überreichte ihn der Zigeunerin. Sie redete immer weiter, rollte seine Haare in den Schein und flüsterte fast geheimnisvoll: „Dieses Scheinchen mit den Haaren muss du jetzt zurücklegen zwischen die anderen Geldscheine."

„Sie will mich austricksen, dieses Biest", drehte sich die Vermutung in seinem Kopf. „Also denken kann ich noch ganz normal."

Albert öffnete die Geldbörse, aber mit dem großen Finger drückte er das Restgeld fest zusammen. Die listige Zigeunerin versuchte, weiter schwätzend, den Geldschein mit den eingerollten Haaren zwischen andere Scheine zu schieben. Es klappte nicht. Der große Finger war ihr im Weg, mit dem Albert sein Geld fest zusammenhielt. Sie könnte den Schein nur in die andere Seite legen, aber sie wollte unbedingt an die Seite, an der sein Finger war, und sagte: „Dein Finger stört, nimm ihn doch weg!"

„Wenn ich es tue, dann kann sie mein Geld klauen", dachte er unruhig. Sie versuchte ihn von dem Gegenteil zu überzeugen:

„Wieso hast du Angst? Ich bin doch schwanger! Ich darf nicht lügen. Schau mal, nebenan ist ein kleines Kind, mein Söhnchen."

„So was Blödes Die wird mich austricksen. Ich muss weg von hier, bevor es zu spät ist", beschloss er, legte die Geldbörse in seine innere Jackentasche und versuchte die aufdringliche Zigeunerin loszuwerden.

„Behalte dein Geld! Ich, eine ehrliche Zigeunerin, brauche es nicht!" schrie sie.

„Wozu soll ich ihr diesen Hunderter lassen" dachte er.

Seine Wachsamkeit, vielleicht unter der Hypnose, verringerte sich. Er zog wieder seine Geldbörse heraus, öffnete sie und hielt weiterhin mit dem großen Finger seine Scheine fest, aber plötzlich lockerte sich sein Finger ein bisschen. Das Geld war sofort weg. Die Zigeunerin zeigte ihre leeren Hände. Und ringsum hatte sich eine Gruppe Zigeunerinnen - wie aus den nichts heraus – versammelt und brüllte etwas über ihre Ehrlichkeit. Das

Opfer hat sie aufgemuntert, sie haben begriffen, dass bei ihm noch etwas zu holen ist. Sie kreischten: „Wieso hast du deinen Geldbeutel versteckt! Schau doch mal hinein und zeig uns dein Geld!"

Da begriff Albert, dass es höchste Zeit ist, sich aus dem Staub zu machen, so lange seine Euroscheine noch heil waren. Mit Mühe und Not wurde er sie los und ging zum Busbahnhof, wo es mehr Menschen ringsum gab. In seinem Kopf schwirrte es: „So ein alter Dummkopf bin ich. Als ob man den Zigeunern glauben darf." Aber es war zu spät. Da erinnerte er sich an die Worte seines Vaters: „Wenn gefunden – freue dich nicht, wenn verloren – weine nicht!"

Es war peinlich, aber doch war noch nicht alles verloren. Wahrscheinlich hat die Zigeunerin den alten etwas merkwürdig aufgeregten Mann erst eine Weile beobachtet. Dabei hat sie natürlich sofort gemerkt, dass er hier fremd war und sich mit Interesse umschaut.

Der Alte wiederum war neugierig gewesen, ob sie ihm das Wahrsagen anbieten würde oder nicht. Sie wollte es zuerst nicht, aber hatte ihn hervorragend reingelegt und um einen Teil des Geldes erleichtert. Es waren ja etwas mehr als Dreitausend Rubel gewesen, also fast 60 Euro. Für russische Verhältnisse keine Kleinigkeit. Die Hälfte einer Monatsrente eines russischen Durchschnittsrentners.

Ein weises Sprichwort sagt: „Man wird alt wie eine Kuh und lernt immer noch etwas dazu."

Man muss wachsam bleiben, besonders unterwegs unter fremden Menschen.

Der Hund mit Küken

Im vorigen Jahr, zu Beginn des Frühlings, wurden in einer Kleinstadt Grundstücke erschlossen und unter den Bauherren von Privathäusern verteilt.

Es dauerte nicht lange und auf einer früher großen leeren Fläche am Stadtrand standen im Herbst schon fertige Häuser. In einige Häuser waren schon die Eigentümer eingezogen, aber es gab noch keine Zäune zwischen den Grundstücken.

Zum Winter zog in eins der neuen Häuser eine junge Familie mit zwei Kleinkindern ein. Im Frühling wurden die Außenarbeiten am Haus fortgesetzt. Es musste noch verputzt werden, der Zaun fehlte noch.

Kurz gesagt, es gab noch viel zu tun, um das Grundstück zu verschönern. Eines Tages fiel Andreas, dem jungen Familienvater, ein schwarzer Hund auf. Er hatte ein sehr struppiges Fell und war sehr abgemagert. Dieser herrenlose Hund war für viele in der Straße ein Dorn im Auge. Überall wurde er von den Hausbesitzern fortgejagt. Er bekam Angst vor den Menschen und mied sie.

Andreas sah plötzlich den Hund auf einem Haufen von halb vermodertem Herbstlaub liegen. Der Hund wärmte sich in der Frühlingssonne und war eingedöst. Als er den Hausherrn sah, lief er sofort verängstigt weg. Am nächsten Tag tauchte er wieder im Garten hinter dem Haus auf.

Ohne lange nachzudenken, holte Andreas ein Stück Brot aus der Küche und warf es dem hungrigen obdachlosen Hund zu. Erst wollte der Hund wieder so schnell wie möglich aus seiner Nähe verschwinden, aber der

Brotgeruch war stärker als die Angst. Sehr vorsichtig und ängstlich packte er das Brot und lief mit eingezogenem Schwanz weg.

Andreas tat der abgemagerte ängstliche Hund leid. Seitdem begann der junge Familienvater ihm immer öfter Essensreste zu geben und natürlich auch Knochen. Er hatte keine Angst mehr. Die ganze Familie staunte, als Konstantin, ihr Verwandter, zu ihnen zu Besuch kam und der herrenlose Hund sich ihm tapfer in den Weg stellte und laut bellte. Er ließ den Fremden so lange nicht durch, bis Andreas das Gebell hörte und herauskam. Als der Hund ihn erblickte, hörte er sofort auf zu bellen und ging zur Seite.

„Woher hast du so einen Beschützer?" fragte Konstantin.

„Das ist ein herrenloser Hund."

„Wieso ließ er mich dann nicht durch?"

„Vielleicht, weil ich ihn nicht wegscheuche?"

„Und wieso nicht? Hast du ihn gezähmt?"

„Nun, ich gebe ihm ab und zu etwas zu fressen."

„Obdachlose Hunde sind sehr treu."

„Das wusste ich nicht, habe darüber nicht nachgedacht."

Andreas ging zu seinem Beschützer und streichelte ihn. Der Hund wedelte mit dem Schwanz und schaute ihn treu und ergeben an. So als ob er sagen wollte: „Jag mich nicht weg, ich werde dir dafür treu dienen."

Am nächsten Tag beschäftigten sich alle Familien-mitglieder damit, ein Hundehäuschen zu bauen. Der Waisenhund fühlte sich bei ihnen bald ganz wohl und sogar als Herr des Hofes. Er beschützte eifrig das Haus, liess keine Fremde nah heran.

Die ganze Familie mochte ihren vierbeinigen Freund. Die Nachbarn beobachteten den treuen Beschützer, den sie früher ohne jedes Mitleid von ihren Grundstücken verjagt hatten. Ein reicher Nachbar wollte ihn ihnen sogar abkaufen, aber Andreas winkte ab. So einen treuen und zuversichtlichen Beschützer, der so viel Hohn und Hass, Verfolgung und Schläge erlebt hatte, findet man selten.

Die heranwachsenden Söhne waren glücklich, dass sie den Hund behalten hatten. Ein Wachhund muss auch einen Namen haben. Sie diskutierten lange und weil er so schwarz war, nannten sie ihn Shuk. Der Hund gewöhnte sich erstaunlich schnell an den neuen Namen und Wohnort. Bald wurde der Freund der Familie wieder etwas runder, sein Fell glänzte und fühlte sich geschmeidig wie Seide an. Eine Schönheit für einen Wettbewerb! Eines Tages kamen die Jungs ins Haus gelaufen und erzählten lachend, dass ihre Katze Murka beim Shuk am Hundehäuschen sitzt. Alle staunten, dass die Katze und der Hund sich so mochten. Sie lagen oft nebeneinander im Häuschen und wärmten sich gegenseitig. Die Brüder gingen gerne mit Shuk spazieren, fütterten ihn, brachten Wasser.

Nur die bunte Henne verhielt sich dem Hund gegen-über vorsichtig und blieb auf Abstand. Sie war auch ein Liebling der Familie, lebte in der warmen Scheune, wo sie ein bequemes Nest hatte.

Am Anfang des Sommers hatte die Henne eine Schar Küken ausgebrütet. Sie leitete sie stolz über den Hof und scheuchte die flauschigen Küken weit weg vom dösenden Hund.

Eines Tages ging die Henne über die Straße und kam unter den Rädern eines Autos ums Leben.

Die verwaisten Küken fanden bald Wärme und Trost beim Wachhund. Sie suchten immer wieder seine Nähe. Wenn er sich gerade gemütlich in der Sonne ausstreckte und wärmte, begannen die Küken über seinen Rücken zu laufen und setzten sich sogar auf seinen Kopf. Friede und Zuneigung herrschten auf dem Hof. Shuk ersetzte ihnen die Mutter, wärmte und begleitete sie. Er ließ auch keine Hunde oder Menschen in ihre Nähe und nicht mal fremde Hühner durften auf den Hof, der zu seinem Heimatort geworden war.

(aus dem Russischen von Stephanie Lauer)

Nachbarn

Meine Wohnung befindet sich im Dachgeschoss. In einer Mansarde zu leben – was kann noch romantischer sein! Aus dem großen Panoramafenster habe ich einen Ausblick auf den südlichen Teil des Mietshauses und gleichzeitig darf ich von oben die malerischen Berge und den Wald in der Ferne bewundern, aber auch ab und zu zufällig etwas vom Leben meiner Nachbarn mitbekommen, die in einem Doppelhaus direkt über die Straße von mir wohnen.

Da gibt es auch ein sehr schönes Dachgeschoss und am Giebel einen französischen Balkon.

Er ist sehr schmal, man kann ihn nur symbolisch auf eine Fußbreite betreten.

Hinter dem schönen Balkongitter mit kunstvoll geschmiedetem Geländer sieht man eine zur Hälfte verglaste breite Tür, die auch als Fenster dient. Vor dieser Tür kann man sitzen wie auf einem Balkon.

In einer Hälfte dieses Hauses lebt ein etwa achtzigjähriges Ehepaar. In den warmen Jahreszeiten erholen sich die Alten oft vor ihrem „Balkon" und bewundern ihren Garten vor dem Haus. In diesen Momenten bemühe ich mich, mich so hinzustellen, dass sie mich nicht sehen können und beobachte sie mit viel Vergnügen.

Sie kommen mir wie zwei Turteltäubchen vor. Sie sind zusammen alt geworden und haben sich ihre Liebe bewahrt und gehen sehr behutsam miteinander um. Manchmal zeigt sie ihm etwas und erzählt dazu lebhaft und er hört aufmerksam zu. Dann antwortet er und sie hört aufmerksam zu und nickt mit ihrem grauen Kopf. Sie genießen das gemeinsame Leben und haben es gut zu zweit. Besuch bekommen sie nicht und gehen auch kaum selbst aus. Doch ist es ihnen nie langweilig miteinander. Es ist angenehm zu beobachten, wie sie zusammen durch den Garten gehen, ihre Blumen und Sträucher bewundern und die saubere alpine Luft des Vorgebirges einatmen. Sie setzen sich auf eine Bank und führen nette unendliche Gespräche miteinander. Vielleicht bereuen sie, dass sie keine Kinder und Enkelkinder haben. Sie leben so lange allein, dass sie sich daran gewöhnt haben. Manchmal sitzen sie und essen mit Genuss Eis. Wenn ich sie sehe, denke ich immer: „Da sind sie, die zwei Tauben. Sitzen so zufrieden mit einander und gurren. Sie sind glücklich, aber mit Kindern wäre es doch fröhlicher…"

Einmal hörte ich einen merkwürdigen Lärm. Ich schaute aus dem Fenster raus und sah die alte Frau mit einem elektrischen Hobel hantieren. Sie gab den Ton an und der alte Mann benahm sich wie ein Lehrling. Er legte etwas hektisch ein Brett oder Kantholz auf die Hobelbank.

Die Alte zeigte ihm, wie er es hinlegen soll, mit welcher Seite nach oben. Er machte gehorsam mit. Dann hobelte sie und sah etwas wichtigtuerisch aus. Wieder gab sie Anweisungen und hobelte mit viel Lärm das Brett glatt. Als sie fertig waren, räumten sie alles zusammen einvernehmlich auf und unterhielten sich weiter ohne Punkt und Komma.

Die Nachbarin, die in der zweiten Haushälfte lebt, hat seit einiger Zeit eine schwarz-weiße Katze. Das Köpfchen ist von einer Seite schwarz, von der anderen weiß. Die allein lebenden alten Nachbarn hatten angefangen, die Katze zu füttern und zu streicheln. Das nette Geschöpf fühlte ihre echte Zärtlichkeit und begann zu ihrer Freude, sie öfter zu besuchen. Die Katze hat sich langsam daran gewöhnt und siedelte zu ihnen über. Die kuschelige

Schönheit war sehr willkommen, das Ehepaar schenkte ihr viel echte Liebe. Die Nachbarin hatte Vorbehalte, war beleidigt, dass sie sich ihr Eigentum angeeignet haben. Sie aber versuchten, sich damit zu rechtfertigen, dass sie das Kätzchen ja nicht an der Leine halten, dass es selbst kommt. Katzen spazieren, wo es ihnen gefällt. Gehen dahin, wo sie besseres Futter bekommen oder besser behandelt, geliebt werden.

Als ich einmal spazieren ging und bei den Nachbarn vorbeischlenderte, wurde ich auf den alten Mann aufmerksam, der im Flur auf allen Vieren stand. Die Eingangstür war offen und mir fiel dieses merkwürdige Verhalten des Alten auf. Ich schaute noch mal hin und sah, dass vor ihm das Kätzchen sitzt und ihrem Herrchen kaum Aufmerksamkeit schenkt. Der Arme versuchte diese verwöhnte bezaubernde „Murka" mit dem Esslöffel zu futtern. Da kam mir in den Sinn, dass Katzen wohl wissen, wo sie es besser haben. Deshalb hat auch sie ihre frühere Besitzerin verlassen.

Oft sehe ich jetzt die Alten auf der Bank sitzen und zwischen ihnen die verspielte Katze, die sie streicheln und deren angenehmem Murren sie zuhören.

Ein frecher Hahn

In unserem Haus, bei meinen Nachbarn von der östlichen Seite, leben zur allgemeinen Freude, ein Hahn und drei Hühner. Der Hahn gibt sich forsch, hat schönes buntes Gefieder und stolziert durch den Garten mit den drei Begleiterinnen. Sein lauter Gesang wühlt die Seele auf, weht angenehme Erinnerungen über lang verflossenen Zeiten heran, über das unvergessliche Leben in der ehemaligen Sowjetunion.

Gewöhnlich spaziert der Hahn mit seinem Gefolge an der Seite des Hofes, die gut aus meinem Fenster zu sehen ist. Aber manchmal hebt er seinen Kopf hochmütig hoch und geht mit unnachahmlicher Grazie mit seinen Schützlingen über die Straße. Wenn die Katze den kriegerischen Anführer sieht, springt sie sofort auf den Zaun. Das alte Ehepaar mochte den Hahn nicht, weil ihre liebe Katze immer das Weite suchen musste, wenn er sich näherte. Diese Nachbarn haben noch einen großen rassigen Hund.

Einmal schaute ich aus dem Fenster raus und sah, dass der Hund auf einem Hügel liegt und die Sonne genießt. Dem kämpferischen Hahn gefiel es nicht, dass dieser Platz belegt war. Er überfiel den ruhig dösenden Hund, plusterte seine Federn auf, breitete die Flügel aus und attackierte den Schlafenden.

Der Vierbeiner seinerseits schob ruhig ohne Wut den frechen Hahn mit den Pfoten zur Seite.

Aber der angstlose Kämpfer wollte den Begleiterinnen seinen Mut zeigen und sprang immer wieder auf den gutmütigen Wachhund zu. Der friedfertige Hund musste seinen angewärmten Erholungsplatz verlassen. Und der kämpferische Sieger hob seinen Kopf mit dem roten Kamm hoch und berichtete mit königlicher Würde der ganzen Gegend ringsum darüber.

Dann verging einige Zeit und plötzlich spürte ich, dass mir etwas fehlt, dass ich lange nicht mehr morgens den Weckruf des Hahnes gehört habe.

Es stellte sich heraus, dass er zu stolz und zu gebieterisch geworden war, als ob er der einzige Herrscher der ganzen Gegend wäre. Das wurde ihm zum Verhängnis. Er endete dumm und ruhmlos.

Unsere Nachbarn haben auch einen Hund. Er läuft frei auf ihrem Grundstück herum, das mit einem Maschendrahtzaun begrenzt ist. Einmal kam das neugierige Hündchen ganz nah an den Zaun und schaute sich den stolzierenden schönen Hahn an. Der freche Räuber steckte seinen Kopf durch eine Zaunzelle direkt in die Schnauze. So eine Beleidigung konnte der Hund nicht unbestraft lassen. Blitzschnell biss er dem unbesiegbaren hochmutigen Angeber den Kopf ab...

Die Arroganz war bestraft. Mir und den Nachbarn tut es leid, dass der Hahn uns nicht mehr morgens mit seiner kräftigen hohen Stimme, mit seinem „Kikeriki" weckt.

(aus dem Russischen von Stephanie Lauer)

Biographie von Georg Lauer

Georg Lauer wurde am 26. März 1941 im Gebiet Orenburg/Russland geboren. Politisch bedingt zog die Familie später in den Südural und nach Kasachstan. Er absolvierte eine Ausbildung in der Baufachschule und arbeitete als Zimmermann, LKW- und Busfahrer und Bienenzüchter. Im Jahre 1995 übersiedelte die Familie nach Deutschland. Bis zum Eintritt in den Ruhestand im Jahr 2006 arbeitete  er als Hausmeister in einem Meditationszentrum. Hier wurde er motiviert sich mit Yoga und Meditationen zu beschäftigen. Er ist Mitglied des Literaturkreises der Deutschen aus Russland e.V. Literarisch ist er seit 20 Jahren aktiv und schreibt Erzählungen und Erinnerungen.

Seine bisherigen Veröffentlichungen sind:

- Russlanddeutsches Tagebuch ISBN 978-3-947270-51-4 edition rossija

- Russischer Almanach „Literaturblätter der Deutschen aus Russland" (Литературные страницы) erschienen in den Jahren 2015, 2016, 2017 und 2018.

- Beiträge in der Zeitschrift "Volk auf dem Weg" in den Ausgaben 5/2017, 7/2017 und 2/2019